ソロバン・キッド

犬飼六岐

集英社文庫

目次

ソロバン・キッド

第一章　コマ——森の落としもの

一

日暮れまえのいっとき、晴夫《はるお》はよく近所の土手から空を眺めた。沈む夕日を見送り、一番星を探すのだ。

昭和のはじめ、東京の夜はまだ暗く、空にはこぼれ落ちてきそうなほど大小の光の粒がひしめき合っていた。

晴夫はそのなかで最初に瞬きはじめるひと粒を見つけるのが、ふしぎと得意だった。

「おい、一番星を探そうぜ」

だれが言いだしたのかは憶《おぼ》えていないが、きっかけは友達の思いつきだった。たしか土手下の田んぼにイナゴ捕りに行った帰り道でのこと。四、五人で競争して、晴夫はみごとに勝利をおさめた。まるで手招きされたみたいに、ぴたりとそこに目が引き寄せられたのだ。

それからしばらく一番星探しが遊び仲間のあいだではやった。べつに晴夫が調子づいて、みなを誘ったのではない。負けた子供たちのほうが意地になったのだ。

学校から帰ると、かくれんぼや缶蹴りで時間をつぶし、日が傾くのを待ちかねて、ずらりと土手にならぶ。夕焼けがあざやかに顔を照らす日も、地平線が白く煙る日も、とうてい星の出そうにない黒雲が頭上を覆う日も、子供たちは西空に目を凝らした。

晴夫も連勝の意気ごみで、まばたきをこらえて土手に立った。けれども、戦績はいっこうに振るわなかった。よくて二番手、たいていはビリ。しょっぱなのまぐれ当たりで、運を使い果たしてしまったのかもしれない。

ところが星の巡りというのは、ほんとによくわからない。

ある日を境に晴夫ばかりが、「見つけた！」と声をあげるようになった。どうやらコツをつかんだらしい。これという手ごたえがあったわけでもないけれど、結果からするとそう言うほかない。

すると、ほかの子供にとって一番星探しはいっきにつまらない遊びになってしまった。最初からなかったことみたいに、あっけなく流行はすたれ、ちょっとのあいだ竹馬やメンコで遊んだあと、こんどはベーゴマがはやりだした。

これはもう大流行だった。近所の子供だけでなく、あのときは調布中《ちょうふじゅう》の男の子がベーゴマで遊んでいたんじゃないかと思う。

晴夫もみなと一緒にベーゴマに熱中した。そして夕方になると、ひとりで土手に駆けていった。友達と早さを競うことより、一番星を探すこと自体が面白くなったのだ。

子供の暮らしにも大人とおなじで、晴れる日もあれば雨の日もある。一日過ごせば、服は埃《ほこり》をかぶるし、靴底に汚れもつく。それから身体《からだ》の内側にも、その日の出来事の残り滓《かす》みたいなものがよどんでいる。どういうわけか、楽しいことは小躍りして胸を通りすぎるのに、嫌なことはぐずぐずと腹の底に居すわるのだ。

だがそんな一日も見晴らしのいい場所に立って、ゆっくり暮れていく空を眺めていると、昼間のあれやこれやがしだいに過去へと遠退《とおの》いていき、やがてあらわれる一粒の凜《りん》とした輝きを見つけると、

「さあ、今日はこれでおしまい」

と気持ちに区切りがつく。それはまあ石鹸《せっけん》で洗い流したみたいにすっきりするわけじゃないけれど、とりあえず身体の内外に積もったものをぽんぽんと払い落としたような気分にはなるし、その払い落としたぶんだけ足どり軽く家に帰ることができる。

もちろん一番星を見つけるまえに、二つ三つと宵空に光が散らばりはじめることもある。けどそんなときも、ちぇっと短く舌打ちして、

「よし、明日こそ」

と仕切りなおせば、それはそれで気分が変わる。べつに地団太を踏んで悔しがらなくても、空はどこにも逃げないし、夜になれば星はまたきらめくのだ。

実際、今日は苦戦した。

うしろの木立でカサコソと物音がして気が散ってしまったのだ。

夕焼けがひときわ深い茜色《あかねいろ》をしていたから、一番星もいつもよりくっきりと輝きだしたにちがいない。それを見逃すなんて惜しいことをした。とはいえ、毎日やってればこんな日もあるし、星だってだれにも見られず光りだしたいときもあるだろう。

それより、なんだろ？　と晴夫は振り返った。

立っているのは、いつもの土手ではない。今日は近所の遊び仲間ではなく、学校の友達と町はずれの城跡まできている。

城跡は学校から北に歩いて三十分ほどの高台にあり、晴夫の家は学校から南に二十分ぐらいかかるから、合わせて五十分。けっこう遠出していた。

一緒にきた同級生の慎吾《しんご》は、去年の春に晴夫が調布に引っ越してきて、最初にできた地元の友達だった。夏でも冬でも真っ黒に日焼けして、慣れるのにひと苦労するぐらい目つきが鋭く、愛想もお世辞にもいいとは言えない。

「やっ、あすんべえ」

とはじめて声をかけられたときには、悪態を吐《つ》かれたのかと身構えたものだ。けれどそれは思い違いで、土地の言葉で「遊ぼう」と言ったのだった。

晴夫がまだそんなことも知らない時期に、慎吾はあたりまえのように声をかけてくれた。

慎吾は大勢で遊ぶのを好まない。晴夫を誘うときも野球やドッジボールには加わらず、たいていは二人で遊ぶ。だからつまらないかというと、決してそんなことはなく、慎吾は近所の子供とは行くことのないような場所や、ときには地元の子供にも知られていない穴場に連れて行ってくれる。

今日もこの城跡まで案内して、あちこち探検してまわったあと、内緒の場所を教えてくれた。踏み分け道を抜けたさきにある、崖から突き出た半畳ほどの広さの岩場で、思わずため息が洩《も》れるほど眺めが素晴らしかった。

晴夫は帰りが遅くなるのもかまわず、この場所で一番星を見ると決めたのだ。

「だったら、おれは先に帰るぞ」と慎吾は言った。「おまえと競争しても、どうせ勝てっこねえしな」

「どうしてさ、おれはふつうに空を眺めてるだけなのに」

「おまえは気づいてねえみたいだけど、はたから見たらふつうどころか、おっかねえぐらいに真剣だぞ。空を睨《にら》んだまま、ろくにまばたきもしねえんだから」

「そうかな?」

「そうさ、こりゃ敵《かな》わねえと思うぜ」と慎吾は言った。「それにな、おれはそもそも星に興味がねえんだ」

「うーん、それならしかたないか」と晴夫はうなずいた。「じゃあ、また明日、学校でな」

「帰り道はわかるな?」

「大丈夫。知ってるだろ、道順を憶えるのは得意なんだ」

「へえ、そうだったか? とにかく一番星を見つけたら、すぐに帰れよ。森はあっというまに、真っ暗になんぞ」

「わかった、そうする」

「じゃあな」

「シンゴ」

「ん?」

「ありがとな、ここを教えてくれて」

「へへっ」

　慎吾は鼻をこすって笑い、その手を振りながら背をむけた。

　結局、晴夫はせっかくの一番星を見逃してしまったが、いまはもうそうなった原因を突き止めることに気持ちがむかっていた。

　繁《しげ》みを見あげて、物音がしていたあたりに見当をつけ、じっと目を凝らす。やはりなにか動いている気配がする。枝を揺らすほどではないけれど、小さく葉のこすれる音がカサッ、コソッと断続的に聞こえてくる。

　鳥かな?

耳を澄ましたが、ちょっとようすが違う。鳥ならいつまでも繁みのなかにとどまってはいない。ひとしきり枝葉を騒がせたあと、かならずバサバサッと羽音を響かせる。

うん、鳥じゃない。

思いなおして、繁みの奥を見まわした。ごつごつした木の幹になにか動いたような気がするが、よくわからない。また物音がして、斜めうえの繁みへと目を移す。

あっ、いた！

やっぱり、そうだ。薄闇をふくんだ枝葉の隙間から、茶褐色のリスの姿が覗《のぞ》いている。

晴夫は半歩踏み出し、まえのめりに首を伸ばした。すると、リスは枝先から付け根へと走り、そのままくるりと幹を一周して、べつの枝に駆けあがる。一瞬、動きをとめ、ぴくっと首を竦《すく》めると、また跳ねるように走りだして、となりの木の幹に飛び移る。

見え隠れするリスの姿を追いながら、晴夫は二歩、三歩と木立に踏み入った。その足音に驚いたのか、リスはいっそうすばしっこく、右に左に、上に下に動きまわり、枝から枝へと渡っていく。晴夫は追いかけながら木々に目を走らせたが、すぐに見失ってしまった。

「ふう」

しぜんと太い息がこぼれた。無意識に呼吸をとめていたらしい。

幕がおりた舞台を眺めるように、晴夫はぼんやりと繁みに視線を投げた。

一番星は見逃したが、リスを見つけた。さあ、今日もこれでおしまい。あれこれ盛りだくさんだったな、と思っている。

正直言えば、もっと近くでじっくり観察したかったけれど、リスの素早さは足どころか目で追うのもたいへんだし、城跡を覆う木々はいまが盛りと生い茂っている。

「それにこう暗くちゃ、見えるものも見えないよ」

晴夫はひとりぼやいて、はっと左右を見まわした。

慎吾が言ったとおり、あたりが急激に光を失い、木の根元や下生えの草が黒ずみはじめている。

リスを追いかけて木立に入ったのは、たしか十歩足らず。岩場にはすぐにもどれるはずだ、と晴夫は急いで思い返したが、そのあいだにも闇とともになにか不気味なものが近づいてくるようだ。背筋がぞくっと震えて、腕から首まで鳥肌が立った。

慌てて踵《きびす》を返した。ろくに方向もたしかめず、逃げるように歩きだす。が、とっさに足をとめた。なにか踏みかけた気がした。足元を見おろすと、爪先からほんの数センチのところに、それがいた。

リスだ。

茶褐色の毛に覆われた身体を小さく丸め、わずかに白い腹を見せて横たわっている。

さっきは繁みを見あげてばかりで、まったく気づかなかった。もう一匹いたのだ。踏みつけなくてよかった。ほんとに危ないところだった。

でも、生きてるのかな？

晴夫は屈《かが》んで、じっと見つめた。リスは目を閉じて、ぴくりとも動かない。死んでるみたいだ。たぶん、そうだ。けど、どうしよう。たしかめようか、放っておこうか。ああ、迷わしいけど、迷ってるひまはない。

「よし」

声に出して心を決めると、両手で落ち葉ごと掬《すく》いあげた。すると、リスが前足で小さく掻《か》くような動作をして、左側の後足をちょんと蹴った。それだけで瞼《まぶた》は開かず、またぐったりと動かなくなった。

晴夫は立ちあがり、足早に岩場にもどった。

空はまだかろうじて夕映えを残していたが、木々の合間には地から湧くように闇が這《は》っていた。闇は這いながら、じわじわと足元に迫ってくる。晴夫は下唇を噛《か》むと、小走りに踏み分け道を引き返した。

道順を憶えるのが得意と言ったのは、べつに強がりではない。慎吾が疑う口ぶりをしたのも、知っていてからかったのだ。墨色にかすれていく視界にも、幾度もあらわれる分岐にも惑わされず、晴夫は着実に道をたどった。

城跡の森を抜け出ると、周囲がいくらか明るくなった。だが空にはもう星座ができそうなぐらいにたくさんの光の粒が瞬いている。

晴夫は息もつかずに家路を急いだ。駆け足にはちょっと自信があった。そんなに速くないかわり、休まず走りつづけることができる。

だから今日もいつもより遠出はしていたけれど、一番星を見てから帰っても大目玉を喰《く》らうほど遅くはならないと高を括《くく》っていたのだ。

ところが、胸のまえに両手でお盆をつくり、そこにリスをのせて走るのは、思いのほかたいへんだった。足はつまずいたり縺《もつ》れたりするし、腕はだるさを通り越して痛くなってくる。息ばかり切れて、道はいっこうに捗《はかど》らない。

慎吾の家は学校より北側にある。おおまかな場所しか知らないけれど、そろそろ近くまできているかもしれない。

探して預かってもらおうかな、と頭に浮かんだが、すぐにその考えを捨てた。慎吾の父は癇癪《かんしゃく》持ちで子供に厳しいらしいし、そうでなくても死にかけのリスなんかを押しつけられたら、さすがの慎吾も困るだろう。

ぼくが拾ったんだから、ぼくがきちんと面倒を見なきゃ。

晴夫は覚悟を決めた。たとえ母にリスを捨てろと言われても、絶対に譲らない。覚悟には、そういう決意もふくまれている。

日はもうすっかり暮れてしまい、かわって丸く明るい月が東の空から道を照らしていた。できるかぎりリスを揺らすまいと気遣いながら、晴夫は歯を喰い縛って走った。

＊

日活村《にっかつ》。晴夫が暮らす集落は、そう呼ばれている。

名前のとおり映画会社の日活（日本活動寫眞《かつどうしゃしん》株式會社）の社宅で、京王《けいおう》電車の多摩川原《たまがわら》駅（現在の京王多摩川駅）の東側に造成された。南隣にはオープンセットや複数のステージ（スタジオ施設）を備えた撮影所があり、晴夫の父はそこで照明の仕事をしていた。

日活はもともと東京の向島《むこうじま》の撮影所で現代劇を、京都の大将軍《だいしょうぐん》の撮影所で時代劇を製作していた。父の浩吉《こうきち》も以前は向島撮影所で働いていたのだが、大正十二年の関東大震災で町もろとも撮影所が壊滅してしまった。

撮影所の従業員は俳優やスタッフをふくめて約千人が解雇され、かぎられた人員が京都の撮影所に移籍した。まだ駆け出しの助手だった浩吉も解雇されたひとりで、しばらく横浜で電気関係の仕事をしていたが、さいわい翌年末には大将軍撮影所の照明部にポストが空き、遅れて京都に移り住んだ。

昭和に入ると、日活はあらたな本拠地として京都の太秦《うずまさ》に人規模な撮影所を建設した。また東京で現代劇の製作を復活させるため、倒産した日本映画（日本映畫《えいが》株式會社）の撮影所を買収のうえ、トーキー撮影用のステージなどを増築した。それがこの調布の多摩川撮影所で、ここで働く人びとのために日活村は整備されたのだった。

　昭和九年二月、浩吉たちは新築の社宅に越してきた。晴夫が小学四年生のときだ。それからひと月余りで映画の撮影がはじまり、五月には早くも第一作が封切られた。

　日活村は敷地が七千坪余。そこに一軒家と二軒長屋が合わせて五十棟ほど整然とならぶほか、男女別に各一棟ずつ独身者向けのアパートが建っている。さらに給水塔や防火用水、撮影用の樹木の育成場を備え、神社や地蔵堂、広場などもあり、そのあいだを縦横に道が通っていた。

　撮影所とちがって社宅の敷地はとくに囲われているわけでもなく、道はだれでも通行できたが、地元の住民が往来することはまれだった。多摩川原駅に行くために、日活村を突っ切って近道するようなひとはめったにいない。

　地元の農家や商売人たちからすれば、映画産業は未知の世界であり、好奇心をそそられる一方で近寄りがたさも感じるらしい。社宅の住人はたんなる余所者《よそもの》ではなく、控えめに言って特殊なひとたち。ありていに言えば、やくざな連中と見なされていた。

　子供の世界でもこうした事情は似たようなもので、地元の子供は地元の子供、社宅の子供は社宅の子供どうしで遊ぶのがつねだった。それでも子沢山な家の多い時代だから、社宅だけでも十分な人数の子供がいて、どんな遊びをするにせよ不自由はしなかった。

けれども、だからこそ晴夫にとって慎吾はとりわけ大切な友達だった。母に遅くなった理由を訊《き》かれて、これからは近所の子供とだけ遊びなさいと叱られたらどうしよう。夜道を走りながら、晴夫はそんなことが不安になりはじめていた。

それにリスのこともある。いや、こっちのほうがはるかに危険度が高い。

「なにこれ、すぐに捨ててきなさい！」

ひと目見るなり血相を変えて叫ぶ母の姿を想像するのはちっとも難しくない。母はネコとカボチャが大好きで、ネズミとニンジンが大嫌いなのだ。

どう見ても、ネコよりネズミに似てるよな……。

晴夫は足どりをゆるめ、絶望的な気分で手元を見おろした。リスは軽いが、腕は岩を抱えたように重い。太腿《ふともも》も脹脛《ふくらはぎ》もパンパンに張り、膝はガクガクと震えているけれど、そんなことを気にしているときではない。

日活村の灯の色が近くに見えてきた。大目玉を喰らうことは、もはや覚悟ができている。どうすれば、それ以上の災難を避けられるか。問題はそこだ。目に流れこむ汗をまばたきして押し出しながら、晴夫は懸命に知恵を絞った。

家は二軒長屋で十坪ほどの庭と勝手口がある。こっそり勝手口から入ろうか。でも、母さんが台所にいたら、まともに鉢合わせしてしまう。そうなったら、おしまいだ。まさしく火に油を注ぐようなもので、母の口から怒りの炎が噴き出すだろう。

　玄関はガラス障子の引き違い戸だから、そっちからなかのようすを窺《うかが》ったほうがいいかもしれない。隙を突いて家に入り、まず押入れにリスを隠す。それから母さんに見つかるまえに、自分のほうから謝りに行こう。

　どうかふつうに叱られるだけですみますように。

　晴夫は願い事まじりに思案を巡らせたが、それらはすべて無駄になった。社宅の敷地に入って生け垣や塀に挟まれた道を歩いていくと、母の幸代《さちよ》が家のまえに仁王立ちしていたのだ。

「どこ行ってたの！」

　夜道に甲高い声が轟《とどろ》き渡った。

「いま何時だと思ってるの！　コウちゃんに訊いても、カッちゃんに訊いても、今日は一緒じゃないって言うし、どれだけ心配したと思ってるの！　だれと遊んでたの！　いったい、どこでなにしてたの！」

　どの問いにも答える隙をあたえず、母が大股に詰め寄ってくる。

　晴夫はじりじりと後退《あとずさ》り、身体をよじって手元を隠そうとした。

「ちょっと、なにを持ってるの！　こら、隠さないで見せなさい！」

　おとなしく見せるか、それともいったん逃げだすか、迷うあいだにも母との距離が見るみる詰まる。ああ、もうダメだ、と目をつむったとき、うしろから父の声がした。

「どうした、いま帰りか」

晴夫はすがるように振りむいた。すると、その頭のうえを母の声が飛び越した。

「あなた、叱ってやってくださいな。この子ったら、こんなに暗くなるまで、ひとりで
ほっつき歩いてるんですよ！」

「ほう、ひとりでな。とすれば、すこしばかり遅い時間だ」

浩吉はわきに立つと、問いかけるように晴夫の顔を覗き込んだ。

「ひとりじゃないよ」と晴夫は訴えた。「学校の友達と二人で、城跡に行ってたんだ。そうしたら、思ったより遅くなっちゃって」

「城跡というと、深大寺城《じんだいじじょう》のことかな」

「うん、たぶん。そんな名前だった気がする」

「深大寺城跡ならここから小一時間はかかりそうだが、友達が案内してくれたのか」

「シンゴっていうんだけど、土地の子でいろんなところを知ってるんだ」

「それで、今日のように連れて行ってくれると？」

「そうだよ、だから近所のみんなが知らないところも、ぼくだけは知ってるんだ」

「なるほど、それはいい友達ができたな」と浩吉は言った。そして晴夫の手元を見おろし、「で、その城跡でリスを捕まえたわけか」

「えっ？」

晴夫は一瞬、ぽかんとした。が、すぐにわれに返って言った。

「捕まえたんじゃなくて、拾ったんだ。地べたに転がってるのを見つけて、放っておけなかったから」

「ちょっと、なに？　なにを拾ってきたんですって！」

母の声がふたたび甲高くこだまする。

浩吉はなだめる手ぶりをしながら歩み寄った。

「まあ、つづきはなかで話そう。家のまえで家族そろって立ち話をしているのも妙なもんだ」

「ええ、まあそうですけど……」

と母は不満げに口ごもった。晴夫のほうに横目を流し、声を抑えて言った。

「あの子のこと、きちんと叱ってくださいな。あなた、すぐに甘やかすんだから」

「わかった、よく言って聞かせるよ。それより、喉が渇いたな。麦茶が冷えているとありがたいが」

「はぁい、ちゃんと冷やしてますよ」

母は苦笑いを浮かべると、晴夫をひと睨みして、父と一緒に家に入っていった。

晴夫はほっと息をついた。てのひらのリスを眺め、星空を仰いだ。母さん、大丈夫かな、と首をかしげつつ、二人につづいて家に入った。

浩吉は浴衣に着替えて茶の間に腰を落ち着けると、冷えた麦茶をうまそうに飲んだ。晴夫はすこし離れたところに座って、そのようすを眺めた。父は相手がいるときしか、酒やビールを飲まない。だがそういうときは、やはりうまそうに飲む。

晴夫は早く父の相手ができるようになって、冷たいビールで乾杯したいと思っていた。

浩吉はひと息つくと、台所のほうに呼びかけた。

「母さん、箱をひとつ出してくれないか。底はあまり広くなくていいから、なるべく深さのあるやつを」

母は菓子折りの箱や結び紐《ひも》などをいつも大事に取っておくし、浩吉はむろんそれを知っている。しばらく台所でごそごそと物音がして、母が重箱ほどの大きさの木箱を持ってきた。もとは瀬戸物でも入っていたらしく、高さが二十センチほどで蓋もついている。

「これでどうかしら」

「ああ、ちょうどいい」

母が箱を探しているあいだに、浩吉は立って新聞紙を取ってきていた。木箱のなかに破りほぐした新聞紙を敷き詰めると、用心深い手つきでリスを寝かしつけた。

「病気か、怪我《けが》か……」と眉をひそめて呟《つぶや》いた。「いずれにせよ、いまはそっとしておいてやることぐらいしかできんな」

晴夫は黙って父の挙措や表情を見つめていた。浩吉はそれに気づくと顔を起こして、木箱を晴夫のほうに押し出した。

「可哀想《かわいそう》だが、これだけ弱っていると、もちなおすのは難しいかもしれん。あまり期待はせんようにな」

「うん、わかった」

晴夫はこたえたが、そんなふうに聞いただけで目がうるんできた。

「たとえもちなおしても、ひとには懐きにくい生き物だ。それもわかっておきなさい」

「はい……」

浩吉はふっと短く息をつくと、いくぶん口調を明るめた。

「さて、今日はひとまず水をやるだけにしておくか。割り箸の先を四半分ほどに削って、そこに水滴をつけて、すこしずつ口を湿してやるんだ。できるな?」

「うん、できる」

晴夫は力をこめてうなずいた。

「明日は母さんに頼んで、サツマイモを蒸《ふ》かしてもらいなさい。食べられそうなら、少しずつ食べさせてやるといい」

「リスって、蒸かし芋を食べるの?」

「ひとで言えば、お粥《かゆ》みたいなものだな。元気になれば生でやれるが、いまは軟らかいほうが食べやすいだろう」

浩吉はそう言うと、はたと思い当たる顔をした。

「ああ、そうだ、リスに触るとき、決して尻尾をつかまんように。とくに動けるようになったら気をつけること。リスの尻尾は骨と皮のくっつきが弱いから、つかむと骨を残して、すっぽりと毛皮が抜けてしまうことがある」

「わかった、気をつける」

晴夫はリスの世話がしたくてうずうずしてきた。水に蒸かし芋。早く用意して、早く栄養をつけさせて、早く元気にしてやりたい。しかし、そのまえに自分の順番がきたようだ。台所から母の声が響いてきた。

「御飯の支度ができましたよ。晴夫、そのネズミの親戚をいますぐ自分の部屋に片づけなさい！」

子供部屋にリスの巣箱を運んで、安全な置き場所を考えていると、となりの茶の間から母の声が聞こえた。

「もう、あなた、ちっとも叱ってくれないんだから」

「ああ、そうだったな。うっかりしてた」

「あの子、一昨日《おととい》は学校で喧嘩《けんか》してきたらしいんですよ。五年生まではあんなおとなしかったのに、悪い仲間でもできたんじゃないかしら」

「ほう、晴夫が喧嘩とは、たしかにめずらしいな」

「喧嘩両成敗っていうぐらいだから、一方的に悪いってことはないでしょうけど。話を聞いて、おかしなところはぴしっと叱ってやってくださいね」

「ああ、そうしよう。しかし、晴夫はああ見えて、正義感が強いからな。なにか事情があったのかもしれん」

「またそんなこと言って、話を聞くまえから大目に見てしまうんだもの」

と幸代が言った。風船のように頬を膨らませているのが目に浮かぶ。

「母さんのおかげさ」と浩吉は言った。「母さんがきちんとしつけて、あの子をまっすぐに育ててくれてるから、おれは安心してられるんだ」

「まあ、こんどはお世辞ですか。そんなこと言ったって、ごまかされませんよ」

晴夫はいったん巣箱を部屋の隅に置き、しばらく眺めて文机《ふづくえ》のうえに置きなおした。部屋は三畳間で狭いから、床に置くと蹴っ飛ばしてしまうかもしれない。それからまた茶の間のほうに耳を澄ますと、巣箱を覗いてリスに囁《ささや》きかけた。

「ひとまず大丈夫そうだよ。母さんの声がだいぶ機嫌よくなってきたから」

＊

翌日はよく晴れて、朝から暑くなった。

日活村の子供たちは、いつもの時間に家を出てくると、いつもどおり上級生を中心に数人ずつかたまり、いつもの道を調布尋常小学校へと歩きだした。とくに決まりはないけれど、登校は上級生が下級生を引率するのが習慣になっている。

通学路は学校の近くまで、まっすぐに麦畑や桑畑のあいだを抜けていく。みなの足どりが軽やかなのは、梅雨明けが近いせいだろう。まえからもうしろからも、朗らかな話し声や笑い声が聞こえてくる。梅雨明けのさきには、夏休みがぎらぎらと輝きを放って待ち構えている。

晴夫はこの春から六年生で、下級生を世話する責任がぐんと重みを増した。自分の持ち場のしんがりから小さい子に目を配りながら、家に残してきたリスのことはおくびにも出さずに歩いた。

黙って友達のおしゃべりを聞いていると、昨日は土手下の小川でザリガニ釣りをしたようだ。

「ハケ下」

地元の言い方にならい、晴夫たちは土手下のことをそう呼んでいる。「ハケ」とは崖や急な斜面のことを言うらしく、社宅のある土手の上側は「ハケ上」、上と下をつなぐ坂道のことは「ハケ道」と呼んだ。

ハケはところどころから水が湧き出ていて、それがひとつに集まり小川をつくっていた。深さは子供の膝下ぐらいで、水遊びをするのにちょうどいい。ザリガニのほかにも、川底にはサワガニやドジョウ、流れにはメダカやハヤ、フナなどの姿が見え、年長者は手作りの釣《つ》り竿《ざお》で、小さな子は手づかみで捕まえて遊んだ。

裸足《はだし》で走りまわるとすぐにわかるのだが、ハケ下は地面が湿っぽく、ハケ上は乾いていた。ハケ下に田んぼ、ハケ上に畑が多いのは、そのせいかもしれない。ハケ下の手つかずで放置されていた湿地に、撮影所は建てられたと聞いている。

学校につくと、晴夫は慎吾がくるのを待ちかねて廊下に連れ出し、リスを拾ったことを打ち明けた。

「内緒だけど」

と前置きさえすれば、慎吾はほかのだれかに話を広めたりしない。

晴夫も慎吾以外には、だれにも話すつもりはなかった。それでも近所の子供たちのあいだでは遠からず噂《うわさ》になるだろうけれど、その時期を一日でも遅らせたい。噂になれば、見せろと言ってくる連中が必ずあらわれる。断って勿体《もったい》をつけていると思われるのはしゃくだし、見せてリスの具合が悪くなるなんてもってのほかだ。できればリスが元気になるまで、みなには知られたくなかった。

ただそうは言っても、こっそりひとりが見にくるぐらいなら大丈夫だろう。

「学校の帰りに見にこないか？」

と晴夫は誘った。

「うん、そうだな……」

慎吾はうなずきかけて、しばらく考えた。やがて首を横に振った。

「やっぱ、やめとく。こんどにするよ」

「えっ、どうして?」

「いや、べつになんとなく」

「見にこいよ。慎吾にだけ、特別に見せるんだから」

「けどなあ……」

「ひょっとして、日活村にくるのがいやなのか」

「ばか、そんなわけねえだろ。つまらんこと言うな」

「じゃあ、なんで?」

晴夫が上目遣いに見つめると、慎吾は気まずげに顔をしかめた。

「だってよ、もしも帰ってリスが死んでたら、おまえ泣くだろ」

「そ、そんなことないよ」

「いいや、泣く。びーびー泣く。だからよ、おまえだってそんなとこ、ひとに見られたくねえだろ」

「大丈夫だよ、泣いたりしないって」

「とにかく、またこんどリスが元気になったら見せてもらうよ」

慎吾はそう言うと、この話は終わりとばかりに、ぽんと晴夫の背中を叩《たた》いた。ああ、早く弁当の時間がこねえかな、とぼやきながら教室に入っていった。

こんなに授業が長く感じる日もめずらしかった。長いばかりで先生の話はちっとも頭に入ってこない。ようやく苦行の時間が終わると、いつも一緒に帰っている友達に用事があるからと言い訳して、晴夫は学校を飛び出した。

空は朝よりもいっそう青く晴れ渡っていた。

太陽がまだ高いところからまぶしく照りつけ、白っぽく乾いた道にまばらな人影が揺れている。人影はどれも大人で、下校する子供の姿は見あたらない。なんだか中途半端な時間に早退《はやび》けしたようなおかしな感じがした。

晴夫は一度、学校を振り返った。

すると、ちょうど堰《せき》を切ったように校門からぞくぞくと子供たちが溢《あふ》れ出てきた。ほっとしたような気分で、晴夫はまえのめりに走りだした。日差しが首筋をちりちりと焼き、ズックの肩かけカバンがぽんぽんと腰に弾んだ。

ふだんより速いペースで走ったからだろう、いつになく息が苦しくなりはじめたころ、遠目に映画撮影用の樹木の影と、男子アパートの長い屋根が見えてきた。むこうにひときわ高く突き出ている鉄塔が給水塔。てっぺんにのせた大きなタンクに地下水を汲《く》みあげ、社宅の各家に行き渡らせている。

今日は水だけじゃなくて、エサもやるんだ。いちだんとペースを速めつつ、晴夫は汗のつたう頰に笑みを浮かべた。ところが、つぎの瞬間に足をとめた。カバンが腰にぶつかってボソッと音を立て、そのまま力なく垂れさがる。

けど、死んでたらどうしよう……。

そう考えるだけで、頰が冷たく固まり、かわりに目頭が熱くなってくる。悔しいけど、慎吾の言うとおりらしい。また走りだしたが、こんどは期待ではなく、不安に足を急《せ》かされている。どきどきする胸の高鳴りも、いまは心臓を締めつけてくるようだ。

「ただいま！」

家に帰ると、玄関に靴を脱ぎ捨て、子供部屋に駆けこんだ。

「こら、帰ってきたら、ちゃんと顔を見て挨拶なさい！」

台所から母の声が飛んできた。

「うん、わかった」

「だから、その返事をこっちにきてするの！」

「すぐ行くから、ちょっと待って」

「すぐできることなら、いましなさい！」

母の言うのはもっともだが、こっちはそれどころではない。

「いま行くから、ちょっとだけ待って」

言いながら、文机のうえの巣箱に近づくと、恐るおそる覗き込んだ。リスは拾ったときとおなじ格好で、ぐったりと横になっている。

晴夫は蒼褪《あおざ》めた。死んでいるように見える。箱に手を入れて、指先でそっと背中を撫《な》でた。毛は軟らかく、ほんのり温《ぬく》もりが感じられる。

「ほんとに、この子ったら」

待ちきれなくなったのか、母が部屋に入ってきた。

「心配しなくても、生きてるわよ。朝も昼も、母さんが水をやったら、ひくひく口を動かして飲んでたもの」

晴夫は振りむいて、母の顔を見あげた。幸代は睨むような表情をしていたが、目は怒っていなかった。手に皿を持っていて、差し出しながら言った。

「これ、頼まれてた蒸かし芋。食べやすいように、小さく刻んでおいたから」

「ありがとう！」

昨日は頭から角が二本生えて見えた母が、今日は後光が差して見えた。

「わかったら、カバンをおろして、手を洗ってきなさい。それからネズミの世話をはじめるまえに、おやつを食べてしまうこと」

「ネズミじゃなくて、リスだよ」

と晴夫は言わなかった。うん、そうする、と素直にうなずいて、ぱっと立ちあがった。

「母さん、ただいま！」

あらためて笑顔で言うと、台所に行って、流しで手を洗った。給水塔のおかげで、どの家でも蛇口をひねればふんだんに水が出る。しかも使った水は勝手に排水口に流れていく。社宅の敷地を造成するとき、水道管とあわせて排水管も敷設したのだ。

これは使ってみると、びっくりするぐらい便利だった。晴夫は勢いよく手を洗い、流しのわきに掛けた手拭いでちょちょっと両手をふいて、小走りに茶の間に入った。

おやつは晴夫も蒸かし芋だったが、むろん文句はない。ちょっと塩を振った皮ごと頬張り、まだ口のなかでむしゃむしゃやりながら子供部屋にもどった。

巣箱を覗き込むと、リスは身じろぎしたのか、さっき見たときとはちがう格好で寝ていた。場所もわずかに動いた気がする。水を飲むときに口を動かしていたというし、昨日より元気になったのかもしれない。

エサも食べるかな？

晴夫は蒸かし芋の皿を手に取り、ひと粒つまんで、リスに声をかけた。

「お芋だよ。おいしいよ。ほら、食べてごらん」

顔のまえに蒸かし芋を持っていったが、リスはまったく反応しない。そこに食べ物があると気づかないのか、瞼を閉じたまま鼻をうごめかすでもない。口元に近づければ齧《かじ》るかも、と期待していたのに、すっかり当てが外れてしまった。

　水をやるときみたいに、すこしずつ口に入れてやらなきゃだめなのかな。それなら耳かきぐらいの小さなスプーンがいるけど、そんなの家にあったっけ。首をかしげて眺めていると、ガラガラッと玄関の戸を開ける音がした。

「幸代さん、いるかい」

だれか男のひとが呼んでいる。すぐに台所から足音がして、母が愛想よくこたえた。

「あら、村野《むらの》さん、こんな時分に？　うちのひとは、まだ帰ってないんですよ」

「ああ、わかってる。なんせむこうでコウさんに頼まれてきたんだから」

　父の浩吉は仕事仲間からコウさんと呼ばれている。訪ねてきたのは親しくしている村野らしく、晴夫も顔を見知っていて道で会えばかならず足をとめて挨拶した。

「まあ、なにごとかしら。無理をお願いしてなきゃいいんだけど」

　母が遠慮がちに言った。

「なに、たいしたこっちゃない」と村野が言った。「なんでも、坊主がリスを拾ってきたそうじゃないか。それでちょっと具合を見てやってくれないかってな」

「あら、いやだ。そんなことで、わざわざ仕事を抜けて？」

「いやいや、ついでに寄ったんだ。昨晩からの仕事に区切りがついたから、いったん家に帰って、夕方まで寝るつもりさ」

「じゃあ、夜はまた現場に？」

「今夜も泊りだな。コウさんも、明日からは大忙しだろう」

村野はたしか小道具に関係する仕事をしているはずだ。ステージ撮影では準備した小道具をすべてセットに配置したあと、いよいよカメラを回しはじめるわけだから、照明部の父とは忙しくなるタイミングが前後するのだろう。

「そうですか、明日から。あのひとは当日の朝まで、なんにも言わないんだから」

母の口調が愚痴っぽくなった。

「はっはっ」と村野が笑い、「さてと、そのリスってのを見せてもらおうかな」

「ほんと無理言って、ごめんなさいね。よろしくお願いします」

こちらを振りむいたのだろう、母の声が大きくなった。

「晴夫！　村野のおじさんが、リスの具合を見てくださるんだって。あんたからもよくお願いしなさい」

子供部屋は玄関からすぐの四畳半間の奥にある。母が襖《ふすま》を開いて「どうぞ」と言い、村野が入ってきた。

「こんにちは、おじさん」

村野はずんぐりした体格で顔が大きく、角刈り頭に黒縁の四角いメガネをかけている。

「話は聞こえてたろ」村野は言いながら文机のまえにきて、晴夫のわきに膝をついた。

「これだな？　見せてもらうぞ」

巣箱を覗き込むと、ずれたメガネを指先で押しあげて、リスに顔を近づける。

「なるほど、ふうん……」

「どう、よくなりそう？」

晴夫は祈るような思いで、村野の横顔を見つめた。

「こいつは、まったく動かんのか」

「そんなことないよ！　見てるときはあんまりだけど、ときどき手足を動かしてるみたい」

「エサは？」

「まだ水しかやってない……」

「そうか、水は飲めるのか」

「うん、ちょっとずつだけど」

「見つけたときは、どんなようすだった？　血を流したり、なにか汚れがついてたりはしなかったか」

「それはなかったと思う」

「身体はどうだ、どこか変に曲がってたりは？」

「それもなかった。見つけたときから、ずっとこの格好だから」

「なるほど、なるほど……」

　ずれてきたメガネをまた押しあげ、村野は口の中でぼそぼそと呟いた。

「どう、元気になるかな？」

「おじさんは獣医じゃない。仕事の都合ですこしばかり動物や鳥に詳しいだけだ。それもせいぜい部屋で飼うような小動物や小鳥のたぐいだ」

「…………」

「しかし、まあその経験から言うと、毛艶や肉づきからして病気ではなさそうだな。これという外傷もないし、どこか見えないところを痛めてるんだろう。このようすからすると、内臓より、骨かもしれんな」

「骨？　折れてるの？」

「おそらくな。背骨か肋骨《ろっこつ》、それに右足もすこし腫れてるようだ」

「それって、治る？」晴夫は村野に身体を寄せた。「おじさん、治せる？」

　村野が顔を起こして、晴夫のほうをむいた。小さく首を横に振った。

「言ったろう、おれは獣医でもないし、ましてやこんな小さな動物を相手に骨接ぎの真《ま》似事《ねごと》なんぞできる芸当じゃない」

「…………」

「とはいえ、骨というのは日にち薬でしぜんとくっつくもんだ。あばらや足の骨折なら、よくなる見込みはあるんじゃないか」

「ほんと？　じゃあ、治るのを待ってればいいんだね」

「ただし、怪我してるのが背骨ならおいそれとは動けるようにならんだろう。そのときは可哀想だが諦めるしかないな」

「えっ……」

「まあとにかく、しっかり世話してやることだ。日にち薬と言うのは、二、三日のことじゃない。二週間、三週間とかかるもんだ。そのあいだ弱らせないよう、根気よく世話しなくちゃならん」

「うん、わかった」晴夫はうなずいた。「どんなふうに世話したらいいの？」

「そうだな」と村野は顎をさすった。「まずリスを怖がらせないように気を配って、なるべく触らんこと。とくに痛めてそうな背筋や脇腹、右足に気をつけるんだ。怪我したときは安静にするのが一番だし、怖がって無理に動くと容体を悪くしかねんからな。あ、それと怪我の有無にかかわらず、尻尾だけは決してつかまんこと」

「尻尾が抜けちゃうんだよね」

「おっ、よく知ってるな。尾抜けというんだが、気をつけてやれよ」

「うん。ほかには、どうしたらいいかな？」

「こういう小さな生き物は夜行性といって、昼間は寝て夜中にちょろちょろ動きまわるのも多いが、リスはちがう。ひととおなじで、昼に動いて、夜は寝る。だから昼間は明るくて風通しのいい場所、夜になったら暗くて落ち着ける場所に置いてやるといい」

そうか、夜は暗いところでそっとしておかなきゃだめなのか、と晴夫はちょっぴり落胆した。リスのようすは何時間でも眺めてられるし、元気になったら夜は部屋に放して遊ぶつもりでいたのだ。

「あとは巣箱を清潔にしてやること。面倒でも、フンの始末は大事だぞ。エサをこぼしたり、もどしたりしたら、それもすぐにきれいにしてやる」

村野はそう言うと、ズボンのポケットから小ぶりな注射器を出した。晴夫は思わず顔をしかめたが、さいわい針はついていない。

「エサはこれを使って口に入れてやれ」

と蒸かし芋の皿のわきに置いた。

「これはサツマイモだな。ほかにはニンジンやカボチャ、大豆やトウモロコシも食べる。注射器の先端の細いところを通るように、どれも芯まで軟らかく火を通して、なめらかに擂《す》り潰すんだ。水気が足りなければ湯でのばしてな」

「わかった、そうする」

「ま、いまはこんなところか」村野は立ちあがり、こぶしでとんとんと腰を叩いた。

「わからんことがあれば、その都度尋ねるといい」

「ごめんなさいね、とんだお手間を取らせて」待っていたように、母が部屋に入ってきた。「この子、あれこれしつこく訊いたんじゃないですか」

「なんの、これしきおやすい御用だ」

「冷たいものを出しますから、むこうで一服していってくださいな」

「ありがたいが、そうもしてられんのさ。言ったとおり、徹夜のまえにひと眠りしときたいんでな」

「あら、それならせめて」

と母は部屋を出て、湯呑《ゆのみ》を盆にのせてもどってきた。

「すまんね。じゃあ、立ったまま」

村野は湯呑をつかんでがぶりと飲み、手をとめて母の顔を見た。あらためて口をつけると、喉を鳴らしていっきに飲み干し、湯呑を盆にもどした。

「ごちそうさま。うまい麦茶、いや、米茶だ」

母は目で笑って、リスの巣箱のほうを流し見た。

「どんなもんですか、あの、あれ、よくなります？」

「いやあ、しばらくようすを見んことには、なんとも言えんが……」村野は首をひねり、晴夫の視線に気づいて言い足した。「しかし、まあエサを食べられるようなら、すこしは期待が持てるんじゃないか」

二

かたわらに立つ大人を見あげて、小さな子供たちが口々に訊いた。

「ねえ、まだ？」

「あと、どれぐらい？」

「もういいよね、おじさん？」

おじさんと呼ばれたのは、社宅の世話役をしている寺内《てらうち》という中年の俳優だ。寺内はでっぷりと迫《せ》り出した腹のうえに、丸太を積み重ねるように腕を組んでいる。左手首をひねって腕時計の針をたしかめると、口をへの字に曲げて顎を左右に揺らした。

「あーあ……」

子供たちがいっせいにため息をついた。寺内はそのわきで素知らぬふりをしながら、白目を剝《む》いてぺろりと舌を出す。それに気づいた子供たちが指さしたり笑ったり、わあわあげらげらと騒ぎ立てた。

社宅には十人ほどの世話役がいて、敷地内の施設の維持管理にあたるほか、盆踊りや祭りの準備、行事や慶弔の差配などを引き受けている。顔ぶれはスタッフよりも俳優のほうが多く、どのひとも子供の相手をするときは親切でしかも茶目っけがあった。

梅雨が明けてはじめての土曜日になる昨日、寺内が音頭を取って防火用水の清掃を行った。新しく水を入れ替えて、夏のあいだ子供のためのプールとして使うのだ。

作業は小学生のいる家の大人が中心となり、午後からは学校から帰った子供もタワシを握って参加した。そうしてコンクリート製の水槽の汚れを隅々まで落とすと、いよいよ澄んだ水を注ぐのだが、満杯になるなり歓声をあげて飛び込む子供はいなかった。

各家の水道とおなじで、プールに張られる水も給水塔から送られてくる地下水だった。水温が低すぎてとても泳ぐどころではないと、みながわかっていた。

ただしいま利口にしていると思ったら、つぎの瞬間に突拍子もないことをしでかすのが子供の本領だ。そこで万が一のことが起きないよう、昨日から寺内たちが交代で見張りに立っていたのだ。

子供たちもまだ無理と知っていても、朝からプールのまわりに集まっていた。天気がぐずつけば、水が温《ぬる》むまでに三、四日かかることもある。とはいえ、昨日も今日も雲ひとつなく晴れて、コンクリートが焼けるぐらい日差しが強い。

これなら、もうじき入れそうだ、と晴夫は見当をつけた。

友達もおなじ見当のようで、水に飛び込んだときにずれないよう、ふんどしの紐を締めなおしている。上級生のそういう気配が伝わるのか、小さな子供たちがいっそうそわそわしはじめた。

だが、結局、いったんみなお昼を食べに家に帰ることになった。

そしてもう一度集まると、寺内とはべつの若い男性がプールのまえに立っていた。

子供たちは落胆した。歩哨《ほしょう》が交代したということは、まだしばらく見張りの時間がつづくにちがいない。

男性は晴夫のよく知らないひとだった。たぶん世話役ではなく、手隙の大人がきてくれたのだろう。ひょっとすると新しく独身アパートに入った役者さんかもしれない。けっこう二枚目のその男性はなにか冊子を開いて三十分ぐらい読んでいた。ちらと太陽を見あげると、冊子を丸めてズボンのうしろポケットに突っ込み、半袖シャツの袖を肩までたくしあげた。プールに深々と手を入れて、二度、三度とかきまわす。晴夫たちのほうを振りむくと、にっこり微笑《ほほえ》んだ。

子供たちが顔を見合わせ、いっせいにプールの縁に取りついた。

プールは縦一〇メートル、横五メートルぐらいの広さがあり、南側が浅くて北側にいくほど深い。

南側で下級生が恐るおそる爪先を水面に入れているあいだに、北側では一番乗りの上級生がバッシャーンと水飛沫《みずしぶき》をあげて、

「うわっ、冷たい！」

その声をかき消すように、つぎつぎに上級生が水音を弾《はじ》かせて飛び込んでいく。

下級生たちもようやく腰まで水に浸かって、あっちでもこっちでも、冷たい！　冷たい！　と悲鳴をあげながら、みなが笑っている。

晴夫はプール際でそのようすを眺めていた。朝のふんどし姿から、ふだんの服装にもどっている。昼から予定があって、初泳ぎのチャンスを逃してしまったのだ。予定は予定で楽しみだから、そんなに残念なわけではないけれど、友達がはねあげた水飛沫が顔まで飛んできたりすると、やっぱりちょっと羨ましくなくもない。

「おーい、上級生」と若い男性が声をかけた。「底のほうはまだ水が冷たいから、みんながそうやって遊んでいると、かき混ぜられて全体の温度がさがる。こまめに水からあがって、身体を温めるんだぞ」

「了解であります！」

と返事した五年生は兵隊をまねて敬礼している。

「じゃあ、あとは頼んだぞ」

男性はプール全体を見渡して、こんどはだれにともなく微笑むと、まぶしげに空を見あげて立ち去った。大人の役目は終わり、ここからは上級生が責任持って下級生の面倒を見ることになる。

晴夫はいつもの遊び仲間の笑顔を憧れの目で眺めたあと、プールの浅い側に移った。泳がないのにプールにきたのは、ここで待ち合わせしているからだが、下級生を見守るためでもある。初泳ぎのときには、上級生でも油断すると身体が冷え切って、思うように動けなくなったり、足がこむら返りを起こしたりするのだ。

　下級生たちはもう水の冷たさなど忘れて全力ではしゃいでいる。晴夫はしばらくようすを見てから、口に手を添えて呼びかけた。

「よーし、みんな一度あがるぞ！」

　いっせいに「えーっ！」という声があがり、すぐに「はーい！」という返事に変わった。

　おなじ時期におなじ場所に引っ越してきて、右も左もわからないときから毎日のように面倒を見たり見られたりしているせいか、社宅の子供はともすると大人の言葉よりも上級生の言うことのほうを素直に聞いた。

　防火用水の囲いの柵に、みなの持参した手拭いが掛けてある。プールから出てきた子供たちに渡していると、ひとりが唇を真っ青にして震えている。

　晴夫はその子を日なたに立たせて、手拭いでごしごしと身体をこすってやった。六年生がもうひとりあがってきて、ほかの子供のようすを見てまわり、背中はふきっこしろよと声をかけた。

　濡《ぬ》れた手拭いを集めて柵に干していると、慎吾がきた。

「へえ、プールがあるのか」

目を丸くして、周囲を見まわしている。プールの近くには給水塔のほかに稲荷《いなり》神社の鳥居や社も見える。

「ふだんは防火用水なんだ」と晴夫は説明した。「けど夏になると、こんなふうにプールにしてくれる」

学校の友達が日活村に遊びにくるのはめずらしい。小さい子供たちが、だれだろうという顔で慎吾を眺めている。

「そりゃ、贅沢《ぜいたく》だな」と慎吾が嘆息した。「わざわざ川まで行かなくていいし、これならうっかり流される心配もねえ」

調布の子供にとって泳ぎといえば多摩川になる。晴夫たちも夏休みにはよく遊びに行くけれど、だとしても家からすぐのところにプールがあって悪いはずはない。

「昨日、みんなで掃除して、水を替えたばっかりなんだ。で、やっと今日の昼から入れるようになったけど、まだけっこう冷たいみたいだ」

「なんだ、今日が初日か。おまえ、泳がなくていいのか？」

「いいさ、どうせこれから毎日泳げるんだ」

プールで遊んでいる同級生が、慎吾に気づいて声をかけた。

「よう、シンゴ、きたのか！」

慎吾は目を細めてプールを睨むと、ひと声だけ返した。

「おう」

「気持ちいいぞ、おまえも入れよ!」

同級生が水から跳びあがって手招きしようとしたが、うしろにいた友達に足をすくわれて、もんどりうって倒れた。噴水のように飛沫がはねあがり、プール一面が笑いの波に呑《の》まれた。

晴夫は一緒に下級生の世話をしていた友達にことわりを入れて、慎吾を連れてプールを離れた。

日活村には敷地を東西に横断する太い砂利道があって、西側は京王電車の線路沿いの道にぶつかり、東側は晴夫たちの通学路でもある道路に突き当たる。そしてこの東側の突き当たりが、いちおう社宅の玄関口になっていて、敷地に入って最初の家を過ぎると広場があり、ここに給水塔と防火用水が設置されていた。

晴夫がプールで待ち合わせたのは、慎吾が通学路を通ってくるとわかっていたからだ。それならここで待っているのが一番見つけやすい。じつは学校まで迎えに行くと言ったのだが、ばかにすんなよと鼻で笑い飛ばされた。

「ありゃ、なんだ?」慎吾が眉根を寄せて、道のさきに顎をしゃくった。「ほら、あの鉄の柱に乗っかってる、でっかいドラム缶みたいなの。プールのわきにもあったろ」

「あれは給水塔のタンクだよ」と晴夫はこたえた。「あそこに井戸水を汲みあげて、それから水道管で家に送るんだ」

「汲みあげて、送る？」

「えっと、難しいことはよくわからないけど、水は平らなところだと勢いよく流れないだろ？　だからいったん高い場所に貯《た》めて、落ちる力で家まで水を送り出すらしいよ」

「ふうん……」

慎吾は給水塔を見あげて口を尖《とが》らせた。やがて腑《ふ》に落ちたらしい顔をすると、歩きながら横をむいたり、うしろむきになったり、ぐるりと四方を見まわした。

「てことは、ここの家はみんな井戸を使ってねえわけか？」

「うん、流しについてる蛇口の栓をひねると水が出るんだ」

「そんな便利なもん、調布じゃ見たことねえぞ」

たしかに小学校でも晴夫たちは井戸水を手押しポンプで汲みあげて使っている。ポンプは子供の腰ほどの高さで、吐水口に横穴を開けた長い竹筒が取りつけてあり、みなで交代に汲みあげハンドルを押して、穴から流れ出てくる水で手や顔を洗うのだ。

「きっとほかにもあると思うけど」

と晴夫は言ったが、慎吾は首を横に振った。

「そりゃ、探せば見つかるかもしれねえけど、こんな町内丸ごとなんて聞いたことがねえ。ここはいろいろとハイカラだな」

「あそこが、おれんちだ」

晴夫は道を曲がると、二軒目の家を指さした。

*

「へえ、おまえ、自分の部屋があるのか」

子供部屋に入ると、慎吾はまた目を丸くした。

「うん、まあ……」

晴夫は返答に困った。プールのこともあるし、水道のこともあるし、なんだか自慢たらしく思われそうで心配になってきている。

「いいな、おれも早く一国一城の主《あるじ》になりてえや」

「ほんとは兄弟で使う二人部屋なんだけど、去年の秋から兄ちゃんは住み込みで働いてるんだ」

「そういや、兄弟がいるって言ってたな」

「三つうえでさ、高等小学校を出たあとなかなか働き口が決まらなくて、しばらく父さんのところで見習いみたいなことをしてたんだ。そのくせ、やたらふんぞり返って部屋を占領するんだから」

「はっは、けどいまは住み込みさきで、ちっちゃくなってるかもな」

慎吾は部屋に足を踏み入れてから一歩も動かずにしゃべりつづけている。

「で、兄ちゃんはどこでなんの仕事をしてるんだ?」

「それより、こっちにきて、リスを見なよ」

と晴夫は巣箱のまえで手招きした。飼いはじめたときは上蓋を開け放していたが、いまは粗く編んだ竹ひごの覆いをかぶせてある。

「ああ、リスな」慎吾は探るような目をした。「ほんとに元気になったのか?」

「うん、だいぶ元気になったよ」晴夫は力をこめて言った。「そりゃ、まだちょこまか動くほどじゃないけど、エサもしっかり食べるし、毛艶もよくなってきたと思う」

「ふうん……」

「ほんとさ、こっちにきて見ればわかるって」

晴夫は巣箱を覗く格好をしてみせた。

リスを拾ってまもないころ、慎吾はいくら誘っても見にこなかった。もしものときに晴夫の泣きっ面を見たくないからだという。

でもほんとは慎吾自身が死んだリスを見たくなかったのかもしれない。見たら自分がべそをかくから、こんどにすると言ったのかもしれない。

そんなことを考えてこっそりほくそ笑んでいると、慎吾がようやく近寄ってきた。晴夫が覆いをはずして場所を譲ると、やたらそっけない態度で巣箱のなかを見おろす。

「なるほど、こいつか」

「かわいいだろ？」

「そうだな……」と慎吾は呟くように言った。「けど、まだあんまり元気ないみたいだ」

「これでも元気になったんだ。ほら、いまはうずくまってるけど、まえは目を閉じて寝てばっかりだったから」

「どこが悪いんだ？」

「見てもらったおじさんの話だと、たぶん骨じゃないかって」

「うわっ、骨か」

「けど、ずっと安静にしてたから、だいぶよくなってきたと思う。動くようすを見ても、もうあんまり痛まないみたいだし」

「そういや、むかし怪我して泣いてたら、ジイさんに言われたな。皮は唾をつけときゃ治る、骨は放っときゃくっつくって」

「エサ、やってみる？」

と晴夫は訊いた。

「あ、うん、いいのか？」

慎吾が顔を起こして、こっちを見た。

「これ、蒸かしたカボチャ」と晴夫はエサの皿を差し出した。「ひと粒やってみて。手からは食べないから、そーっと顔のまえに置くんだ。そーっとね」

「よし、そーっとだな」

　慎吾はちろりと唇をなめると、賽《さい》の目《め》切《ぎ》りにしたカボチャをつまんで、ゆっくり巣箱に手を入れた。息をひそめ、まばたきもしない。リスは驚きも嫌がりもせず、わずかに首を竦めてうずくまっている。その鼻先にじわじわとカボチャを近づけていき、そーっと置くと、またゆっくり手を引っ込める。

　リスは十秒ほど木彫りの飾り物のように固まっていた。ふいに鼻面でカボチャを突っつくと、前歯でひょいと引っかけて、前足でつかみあげ、すぐさま熱心に齧りはじめた。

「ほら、元気に食べるだろ」

「ほんとだ、すんごいスピードで齧ってら」小刻みに動くリスの顎の速さに、慎吾は目を瞠《みは》っている。「こいつ、名前はあんのか?」

「コマってつけた」

「コマ?　紐で巻いて、くるくる回すつもりか?」

「ちがうよ」と晴夫は言った。「早くちょこまか動けるようになればいいなって」

「ははん、ちょこまかのコマか。この喰い意地なら、すぐにそうなるかもな」

「まえは自分で食べられないから、カボチャでもサツマイモでも、もっと軟らかくして、注射器で口に入れてたんだ」

「へえ、注射器で？　なんだか、医者みたいだな」

と慎吾が言った。ちらと横顔を見ると、真面目に感心しているようだ。

「そうだろ」晴夫も真顔で言った。「見てなよ、将来は偉い博士になるから」

「おう、そうこなくちゃ」

慎吾が巣箱を覗き込んだまま、肘で晴夫の脇腹を小突いた。晴夫が小突き返して、二人で笑っていると、母がスイカを切って持ってきてくれた。

「あれっ？」

と晴夫は思わず声を出しかけた。

これまで母の幸代は慎吾の話をしても、あまりいい顔をしなかった。晴夫を遠くまで連れまわす迷惑な友達と見なしているようだ。

だから今日も晴夫は少なからず母の顔色が気になっていたし、慎吾がぶっきらぼうに振る舞わないかはらはらしていた。

ところが、慎吾は家にあがるとき、だれかと思うぐらいきちんと挨拶した。

幸代はろくにお辞儀もできない悪ガキがくると決めこんでいたらしく、挨拶を返すのにあたふたしていた。どうやら母の友達台帳のなかで、慎吾はいっきに評価をあげたようだ。

よし、ここはコマの株もあげておこう、と晴夫は母に笑顔をむけた。

「ねえ、見てよ。こいつ、カボチャが大好きみたい。きっと母さんと気が合うよ」

幸代はそう言われて、むしろ一歩後退った。顔色に出かけた嫌悪感をぐっとこらえる。巣箱から目をそらし、シンゴくんと呼んだ。

「さっ、こっちにきてスイカをおあがりなさい」

「ありがとう、おばさん」

慎吾がきちんと礼を言う。これまた意外な気がしたが、考えてみると、慎吾はふだんから目つきは悪くても、行儀はそんなに悪くない。

「シンゴくんも、そういう小さな動物が好きなの？」

「ううん、あんまり。リスならまだいいけど、ネズミは勘弁。むかし足の指を齧られたことがあるから」

「あら、そう。おばさんも小さいころからネズミが苦手なのよ」と幸代の表情がにわかに打ちとけた。「そのネズミの親戚もねえ、怪我してるのは可哀想だけど、元気になって床でも這いまわりだしたらと思うと……」

「あのね、おばさん」慎吾は気の毒げに言った。「リスのすばしっこさは、ネズミどころじゃないよ。床はもちろん壁でも天井でも好きに駆けまわるんじゃないかな」

「えっ」

　幸代が絶句する。

「大丈夫だよ」と晴夫は慌てて割って入った。「だからちゃんとした巣箱を作るように、村野のおじさんのところに材料をもらいに行くんだろ」

「そうね、そうそう」気を取りなおして、幸代が言った。「村野さんを待たせちゃ悪いから、早く行ってらっしゃい」

「うん、スイカを食べたら、シンゴと行ってくる」

「それなら、ついでに二人でお風呂に入っといで。今日は父さんの帰りが遅くて、一緒に銭湯に行けないから」

「うん、わかった」

　うなずく晴夫のわきで、慎吾がまたまた目を丸くした。

「風呂?」

*

　日活村の玄関口を出て道路を右に行き、土手の上下をつなぐハケ道までくると、ちょうど坂の裾からリヤカーがのぼってきた。荷台に大小の樹木を積んでいる。鉢植えではなく、根の部分を麻布で丸く包んである。

　慎吾が目を凝らしているのに気づいて、晴夫は教えた。

「あれは、映画の撮影に使う植木だよ。さっきのプールの北側に植木を育てる場所があって、ふだんはそこに植えてるんだ。で、使うときだけ撮影所に持って行って、いらなくなるとまたもどす」

「へえ、映画に映ってる木は、ずっとそこに植わってるわけじゃねえのか」

「ロケといって外に出て撮るときは、そこに生えてるほんとの木が映るけど、撮影所で撮るときはちがうんだ」

　ハケ道は短いけれども傾斜がきつい。二人は坂を駆けおりて、リヤカーをうしろから押した。

「やあ、助かるよ。きみは竹崎《たけざき》さんちの子だな」

　汗だくになってリヤカーを曳《ひ》いている若者はたぶん男子アパートに住んでいて、晴夫は顔しか知らないけれど、むこうは晴夫がだれかわかるらしい。

　若者はハケ上までたどりついてひと息つくと、ズボンのポケットから風船ガムの箱を出してひと粒ずつくれた。二人はそれを口に放り込んで、また坂を駆けおりた。

　ハケ道をくだり終えると、道路を挟んで田んぼが広がり、そこを通りすぎると撮影所になる。いまは右側だけに高い塀がつらなり、その奥に大きな建物が立ちならんでいるが、来年には左側のだだっぴろい空き地にも、ステージやオープンセットなどの撮影施設が整備されるという。

しばらく歩くと塀のさきに撮影所の正門が見えてきた。晴夫はそこを通るとき、いつもちょっと腰が引ける。石造りの門柱の厳《いか》めしさや受付に控える守衛の姿が、ここは子供がきてはいけない場所だと言っているように思えるのだ。

正確に言うと、子供だけできてはいけない気がする。

シンゴはどうだろう？

横目で窺うと、慎吾は緊張するどころか、ご機嫌なようすで口から風船ガムを引っ張り出している。タコ糸ぐらいまで細く引き伸ばすと、リスのように小刻みに顎を動かして、ガムを口のなかにもどし、晴夫のほうを見た。

「ガムって、こんな味がするのか。見たことはあるけど、喰うのははじめてだ。日活村はおやつもハイカラだな」

「いつものおやつは、こんなじゃないよ。あのお兄さんがハイカラなだけさ」

晴夫もガムは大人にもらって食べたことしかないし、このさき家でおやつに出てくるとも思えない。

「風船の膨らませかた、知ってるか？」

と慎吾が訊いた。

「まえに教えてもらったけど、うまくいかなかったな」

「どうやるんだ？」

「口のなかで平らにのばして、舌のさきにかぶせて、息を吹き込むんだって」

「ふうん、こうやって、こうか……」

と言った慎吾の口から、ぷうーっと風船が膨らんだ。

「すごいな、どうやったんだ？」

晴夫はあっけに取られた。

「どうって、口のなかで平らにのばして、舌のさきにかぶせて、息を吹き込んだ」

「やっぱ、それでいいのか。こうやって、こうだな……」

と言った晴夫の口から、ぷっとガムが飛び出して道路に落ちた。

「あーあ」

二人のため息が重なった。

正門のまえにくると、晴夫は腰をかがめて受付の窓枠の下を素早く通り抜けた。べつにこそこそする必要はないのだけれど、守衛に挨拶しなければと思うと、なんとなく気後れしてしまうのだ。慎吾もこのほうが面白いと思ったのか、なにも訊かずに真似して受付をやり過ごした。

撮影所に入ると、まず右手に本館事務所、左手に映画館のような試写室の建物があり、その奥にも左右にも大小の建物がひしめき合っている。晴夫たちの目的地は装飾部の建物で、本館事務所のさきに見える俳優部や製作部の建物のさらに奥になる。

「すごいな」と慎吾が呟いた。「なかに入ると、こんなふうなのか。建物も人間もいっぱいだ」

慎吾の言うとおり、所内の通路にはたえまなくひとが行き交っている。

「ぼやぼやしてると、道端まで吹っ飛ばされるよ」

晴夫はちょっと大袈裟《おおげさ》に言ったが、念のために端のほうを歩いていると、横手の通路から梯子《はしご》を抱えたひとが駆けてきて、二人の鼻面を猛スピードで横切った。すこし行くと、こんどは俳優部の建物から帽子をかぶった男性と若い女性が出てきて、また二人の目のまえを横切り、筋向いのひときわ大きな建物のほうに歩いていく。

「あれは、たぶん」と晴夫は小声で言った。「助監督さんが、女優さんをステージに案内してくんだ」

「みんな知ってるひとなのか？」

「知らないひともいっぱいいるけど、俳優とスタッフの区別はつくよ」

晴夫は足をとめて、周囲を見まわした。

「ほら、帽子をかぶってるひとがたくさんいるだろ。あれはみんなスタッフなんだ。映画を撮るときはまわりにいっぱい物があって、落ちてきたりぶつかったりすることがあるから、帽子で頭を守るんだってさ」

「へえ」と慎吾も通行人を見くらべた。「そういや、あっちでもこっちでも帽子をかぶってら。あれはハンチングってやつか」

「うん、父さんもそうだけど、ハンチングのひとが多いな」

「じゃあ、むこうを歩いてる大工みたいなひとは、あんな格好だけど帽子をかぶってねえから役者か？」

「たぶん、そうだよ。なにか映画の衣裳《いしょう》を着てるんじゃないかな」

「ふうん、このなかはふつうに役者が歩きまわってんだな。ひょっとして、ここに座って見物してりゃ、阪妻《ばんつま》や嵐寛《あらかん》も見れんのか？」

「どうだろ、時代劇は京都の撮影所で撮るから、こっちにはめったにこないんじゃないかな。ほら、鞍馬天狗《くらまてんぐ》とか丹下左膳《たんげさぜん》とか、そういうのはみんなむこうで撮影するんだ」

「そうなのか。じゃあ、こっちはだれの映画を撮るんだ？」

「小杉勇《こすぎいさむ》さんとか、杉狂児《すぎきょうじ》さんとか、かな」

「はあ、なるほど」

　慎吾はにわかに冷めた表情になり、また道端をすたすたと歩きはじめた。チャンバラをやらない俳優には興味がないらしい。その気持ちは、晴夫もわからなくはない。

　木箱を抱えた男たちが早口でしゃべりながら通りすぎ、書類を握りしめた事務員が二人を小走りに追い越していく。むこうで怒鳴り声がして、こちらではランニングシャツ姿の男がぶつくさ言いながら山のようにブロックを積んだリヤカーを曳いている。

左手の第一ステージの角から照明機材を担いだ若者が出てきて、晴夫を見つけて呼びとめた。

「よう、コウさんとこの坊主じゃないか」

近藤《こんどう》という父の後輩の照明助手だ。父はコンちゃんと呼んでいる。近藤は晴夫が手に提げる風呂敷包みに目をとめると、無精ひげの生えた顎をしゃくった。

「それは届け物かい？　だったら照明課の机に置いときな。コウさんはいまセットのほうで手が離せないから」

「いいえ、今日は村野さんに用事があってきたんです」

と晴夫はこたえた。風呂敷包みは、じつは母に持たされた風呂の用意なのだが、もちろんそこまで説明する必要はない。

「ああ、それならいまは一段落して、工作係の部屋でのんびりしてるだろ」

「はい、行ってみます」

「親父《おやじ》さんになにか伝言はあるかい」

「ありません」

「オーケー」

近藤がパチッとウインクして行ってしまうと、慎吾は腕組みして首をひねった。

「いまのひとはハイカラってより、ケーハクって感じだな」

「しっ」晴夫は口に指を立てた。「雷が落ちるまえに行くぞ」

「オーケー」

慎吾が頬を引きつらせたのは、ウインクの真似をしようとしたらしい。

晴夫はもう脇目も振らずに通路を突き進み、工作係の建物のドアを入った。居合わせたひとに訊くと、村野はとなりの小道具倉庫にいるという。教えられたとおりに引き返して、隣接する倉庫の扉のまえに立った。

一番星のように二人は瞳をきらめかせた。扉のむこうは映画に出てくる品物ばかり。きっと宝の山にちがいない。

だがその期待はあっさり裏切られた。扉を開いたさきは見慣れた品物で満杯だった。茶碗《ちゃわん》の山に皿の山、大小の釜、鍋、薬缶《やかん》、色も形もさまざまなガラス壺《つぼ》、花瓶、アルミの洗面器に古びた木桶《きおけ》、竹籠、丸形や四角の置時計に壁掛時計、棚一杯の本、雑誌、各種のカバン、積み重ねられたテーブル、卓袱台《ちゃぶだい》、机、椅子、和洋のタンス、衝立《ついたて》、カーテン、天井用や卓上の電灯、ラジオ、蓄音機等々、数の多さには圧倒されるけれど、びっくりするような品物は見あたらない。率直な感想を言えば、ガラクタの山だ。

あっ、そうか。

ようやく晴夫は気づいた。ここで撮影するのは現代劇だ。小道具はいまの暮らしで使われている、ふだんから自分の身のまわりにあるようなものばかりで当然なのだ。

　棚からはみ出した紙の筒のあいだを縫って行くと、村野はうずたかい雑貨に囲まれて作業していた。なにか人形のたぐいを物色しているらしく、はずしたメガネを手拭いの端で拭きながら、鼻先にならんだこけしに目を凝らしている。

「おじさん、こんにちは」

　晴夫が声をかけると、村野はメガネをかけなおして振りむいた。

「ああ、きたか。ここにいると教えてもらったんだな。道には迷わなかったか」

「はい、すぐにわかりました。今日はありがとうございます」

「おっ、今日はえらくかしこまってるな。荷物は部屋にあるんだが、どうだ、ちょっとここを見物していくか」

　晴夫は足元に積まれた灰皿を見おろし、首を横に振った。

「いえ、いいです」

「そうかい？　まあ、鍋釜を見ても退屈だろうが、むこうには野球の用具やほかにもいろんなスポーツ用品があるぞ。それから、カメラや幻灯機、望遠鏡。ピストルや銃剣、鉄カブトなんぞもある。むろん作り物だがな」と村野は笑って、慎吾のほうに目をむけた。「そっちの子は学校の友達だろ。こういうところはめずらしいんじゃないか」

「はい」と慎吾がまえのめりになった。「ここじゃ、兵隊さんの映画を撮るんですか」

「ご時世だからな。といっても、派手にドンパチやるわけじゃないが。いや、これからはその手の映画が増えてくるかもしれんな」

昭和六年、大陸に進出していた日本軍が満州《まんしゅう》（現在の中国東北部）を占領し、翌七年、満州国を建国して支配の強化を図ると、中国側でも抗日の気運が高まり、各地で小競り合いが繰り返され、大きな武力衝突に発展するのも時間の問題となっていた。

こうしたなかで映画界でも戦争を題材とした作品が頻繁に撮られるようになったが、内容的にはまだ激しい戦闘を描くような血なまぐさい映画はかぎられていた。

だが村野が予想したように、現実の戦闘が激化するにつれて映画もより勇壮で攻撃的なものに変化していき、この二年後の昭和十二年、ついに日中戦争の口火が切られると、日活多摩川撮影所でも迫真の映像を求めて戦地でのロケが敢行されるようになる。

「な、見せてもらおうぜ」

と慎吾が肘で小突いてきた。日焼けした顔が好奇心に赤黒く輝いている。チャンバラ俳優は見損ねたが、これは見逃すものかといわんばかりだ。

「うん、そうしようか」

と晴夫はうなずいた。白状すると、野球用具やカメラと聞いて、断ったのを後悔していたのだ。もしかすると甲子園に関係するような品物とか、沢村栄治《さわむらえいじ》や藤村富美男《ふじむらふみお》のサインボールがあるかもしれない。

*

「銃剣ってのは、作り物でも重いもんだな」

「野球のバットも重かったよ。藤村はあれをびゅんびゅん振り回すんだからすごいや」

晴夫たちは満悦のさまで小道具倉庫を出てくると、工作係の部屋に行き、リスの巣箱の材料を受け取った。

「なかに簡単な図面も入れてある。道具は家にあるもので間に合うだろうが、なにか入用なものがあればいつでも借りにくるといい。おれがいなくても、言えばだれでも貸してくれる」

村野は横長の大きな手提げ袋を渡しながら言った。

「ありがとう、おじさん。けど、うまく作れるかな?」

晴夫は戸惑っていた。手提げ袋はずっしりと重く、厚いベニヤ板や太い針金などがひと目では数え切れないほど入っている。村野が設計した巣箱は、晴夫が思い描いていたものより、かなり大型で頑丈らしい。

「それほど難しくはないさ。学校の工作と似たようなもんだろう。失敗しないコツは、完成を焦らず、ていねいに作業することだ」

「わかった。ていねいに、だね」

「リスはもうだいぶ動きまわるようになったのか」

「ううん、まだそんなには動かないよ。でも、母さんが怖がるから、早くちゃんとした巣箱を作ろうと思って」

「ああ、なるほど」ネズミ嫌いの母の顔を思い出したのか、村野が苦笑した。「で、もとどおり元気になったら、どうするつもりだ。そのまま飼いつづけるのか、それとも森に返してやるのか」

「えっ、それは……」

「まだ決めてないか。まあ、そうだろうな」

「早く決めなきゃだめかな?」

「いいや、ゆっくり考えればいいさ。親父さんとも相談してな。いちおう、リスが元気になって嚙んだり引っ搔いたりしても大丈夫なように材料は選んである」

工作係の建物を出ると、慎吾が荷物をひとつ持つと言ってくれた。晴夫はもちろん軽いほうの風呂敷包みを渡した。通路はあいかわらずひとの往来がいそがしく、活気と物珍しさにあふれている。勢いに巻き込まれないよう、二人はまた道端を歩いた。

つぎの目的地は風呂場。俳優部の建物の北側にある。

社宅の入浴事情はこんなふうだ。一軒家には風呂がある。男女の各アパートも、それぞれ共用の浴室を備えている。撮影所には俳優やスタッフの使う浴場がある。そして調布駅のほうに半時間ほど歩けば、梅ノ湯《うめゆ》という銭湯があった。

二軒長屋だけは風呂がないけれど、それほど不自由はしなかった。ふだんは知り合いの一軒家や男なら男子アパート、女なら女子アパートにもらい湯に行き、そうでなければ撮影所の風呂を借りるか、銭湯まで歩く。

晴夫は父と銭湯に行くのが楽しみだったが、母は気候が穏やかなころはともかく、真夏や真冬は自分が行くのもひとを行かせるのもしぶった。

最寄りとはいえ梅ノ湯は小学校よりさらに北側の京王電車の線路のむこうにある。猛暑の時季はせっかくきれいに流した汗が帰り道にまた噴き出してくるし、寒さが厳しくなればどんなに長湯しても家につくまでに身体が芯まで凍えてしまう。

だが晴夫はそれでも若干の遠慮や気恥ずかしさと一緒にもらい湯に入るより、思いっきり手足を伸ばして銭湯の湯船に浸かるほうが好きだった。

シンゴはどうかな？　知らないところで風呂を借りるなんて肩身が狭いかも。

晴夫は心配したが、慎吾はいつにない機嫌のよさで風呂敷包みを前後に大きく振って歩いている。近所の友達にも頓着せずにもらい湯をしたり、撮影所を銭湯がわりに使っている子がいるけれど、慎吾もそっちのくちかもしれない。

建物の角で若い女性と出合いがしらにぶつかりかけて、晴夫は慌てて立ちどまった。

「あらっ」と女性は目を見開いたが、すぐに微笑んだ。「みんな忙しそうだから、端っこを歩いてしまうわよね」

「すぃまぇん……」

晴夫はうまく声が出ない。びっくりして吐いた息をうまく吸えなかった。それぐらい綺麗《きれい》なひとだった。というか、見たこともないような美女がほんの数十センチさきに立っている。

「いいえ、こちらこそ」女性はこくりと会釈して、二人の顔を見くらべた。「お遣い？ご苦労さまね」

「………」

晴夫は窒息しかけている。かわりに慎吾がこたえた。

「お遣いじゃなくて、風呂に行くところです」

「そうなんだ、お風呂の場所はわかる？」

「わかる、かな、きっと」

だよな、と慎吾に背中を叩かれて、晴夫は「げっ」と呻《うめ》き、「はうっ」と息を吸った。

「そう？　じゃあ、行ってらっしゃい」

女性は朗らかに言って、微笑みを残してすれ違っていった。

晴夫はしばらく呆然《ぼうぜん》とした。現実感がまったくなかった。変なたとえだけれど、背骨をすっぽり抜かれたみたいな気分だった。

慎吾がうしろを振り返り、神妙な口調で言った。

「あれはおれにもわかる、絶対に女優だ」

「うん、絶対に……」

「女優って、凄《すご》いな。天使みたいだ」

「うん、天使みたいだ」

二人は浴場について脱衣所でシャツやズボンを脱ぐあいだも、だれだろうと噂し合った。だがどちらも女優の名前は数えるほどしか知らないし、そのだれでもないことは明らかだった。慎吾が裸の尻をぽりぽり掻きながら、ふと思いつく顔をした。

「ひょっとして、新人じゃないか。まだそんなに名前の売れてない」

「そうかな」晴夫は首をかしげたが、言われてみるとそんな気がしなくもない。「あのひと、いくつぐらいだろう。お化粧してたから、さっきは大人に見えたけど」

「どうだろ、おれたちより十歳ぐらいうえかな」

「うーん、もうすこし近いかも」

晴夫は八歳上の従姉《いとこ》の顔を思い浮かべてみたが、やっぱりよくわからない。

浴室に入ると仕事あがりの俳優らしい先客が三人いたけれど、湯船は十人やそこらは悠々と入れる広さがある。晴夫たちは手桶でかかり湯をして、熱い湯にじわじわと身体を沈めた。年配の役者さんの鼻歌が、耳たぶをくすぐるように湯おもてを流れてきた。

「ああ、極楽、極楽」慎吾もどこかのおじさんみたいなため息をついている。「こんな大きな湯船で、たっぷりのきれいな湯に浸かれるなんて、ほんとになあ……」

「大きな風呂は久しぶり？」

「うん、ずいぶんな」と慎吾は言った。「うちは小作だから、ふだんは行水ですますし、たまに風呂を借りても、濁ったしまい湯だ。こんな贅沢は、めったにできねえ」

「ふうん……」

「おまえの母ちゃんはそれがわかってるから、二人で風呂に入ってこいって言ってくれたんだろ」

「そうかな？」

「たぶん、そうさ。優しい母ちゃんだな」

「シンゴの母ちゃんも優しいんだろ？」

「ああ、優しいよ。けど、親父がろくでなしだから、しょっちゅう殴られてる。おれが悪さをしても、母ちゃんまで殴られるから、やってらんねえや」

　慎吾が家族の話をするのはめずらしかった。日ごろは自分のことも他人の噂もめったに口にしない。

「ふうん、たいへんだな」晴夫は顔をしかめた。「おまえも、母ちゃんも」

慎吾は妙に時間に几帳面《きちょうめん》なところがあって、どこに遊びに行っても日暮れまえにきっちりと帰る。これまでは柄にもないと思うぐらいで深く考えもしなかったけれど、慎吾には慎吾でいろいろ事情があるらしい。

「親父さんは、おっかないひとなのか？」

晴夫はしかめっ面のままで訊いた。慎吾は母親似で小柄だけれど、父親は大男だと、地元の同級生から聞いたことがある。

「べつに怖かねえよ。けど、いまはまだ喧嘩しても敵わねえ。そいつはたしかだ」

「そうか、なんとか返り討ちにできりゃいいのに」

「一発や二発、殴り返すだけならできるけど、あとでそのぶんまで母ちゃんが殴られるからな。ほんとにろくでもねえや」

「背中、流しっこしようか」

「おうっ」

二人は湯を出て洗い場に腰を落ち着けると、持参の石鹼で頭のてっぺんから足のさきまできれいに洗った。途中でたがいに背中を流し合ったのは言うまでもない。

あらためて湯船に浸かると、最初ほどには熱く感じなかった。

「なあ、おまえも将来はここで働くつもりか」

と慎吾が訊いた。

「えっ?」晴夫は首をひねった。「うーん、わかんないな。これまで考えたこともないし」

「おまえ、けっこう二枚目だから、役者になれるかもな」

「それだけはないよ。人前でなにかするのは苦手だから、役者なんて絶対になりたくない」

　と晴夫は強く言った。教室のまえに出て黒板に計算の答えを書くだけでも、ほんとに冷や汗ものなのだ。

「そうかな?」と慎吾は首をかしげた。「おまえ、一番星を探すときみたいに集中したら、人前でもなんでも関係なくなるんじゃないか」

　実際、これから十年余りあと、晴夫は大観衆の見守るまえで真剣勝負を繰り広げて、日本はおろかアメリカにまで名を知られるようになる。が、二人はまだそんなことを知るよしもない。

「シンゴはどう?」と晴夫は訊いた。「もう将来のことは決めてるの?」

「さきのことはまだわかんねえ」と慎吾は言った。「けど、決めてることもある。おれは親父みたいな人間にはならねえし、小作になるつもりもねえ。だから、今日はここに連れてきてもらってよかった。世の中にはいろんな仕事があって、いろんなひとがいろんなことやってるって、よーくわかったからな」

「じゃあ、誘ってよかった」と晴夫は笑った。「ほんとは退屈するんじゃないかと、ちょっと心配してたんだ」

「おまえ、さぁ……」

「ん、なに?」

「おまえ、一番の友達だぜ」

慎吾はそう言うと、照れたようにざぶんと頭まで湯に潜った。

三

夏休みの直前、晴夫のリスの話がいきなりクラス中に広まった。

案の定、見せろと言ってくる連中がつぎからつぎへとあらわれた。

だがこのとき晴夫はもうこころを決めていた。勿体をつけてると思われようと、けちだと陰口を叩かれようと、見せないものは見せない。

あまりにもきっぱりと晴夫が断るものだから、リスの話題はすぐに下火になった。

とはいえ、なかにはしつこくからんでくる連中もいて、将太《しょうた》もそのひとりだった。しかも、その言い方がひどく横柄なのだ。

「おい、なに出し惜しみしてんだよ」とか「けちけちしやがって、このやろう」とか、ひとにものを頼んでいるとは思えない。

将太の家は地元の大地主だといい、そのせいかどうかはしれないけれど、いつも二、三人の取り巻きをしたがえて、ひまさえあれば威張り散らしている。

だが地主でも名主でも、晴夫にすれば知ったこっちゃない。

「怪我してるのを拾ったんだ。すっかりよくなるまで見せるつもりはないよ」

だれになにを言われても、返答が変わることはなかった。

げんに社宅の友達にもまだリスは見せておらず、それどころかコマという名前も教えていない。例外は慎吾だけで、これは二人の秘密だった。慎吾はあれからもう一度見にきたけれど、もちろんそれを吹聴《ふいちょう》してまわったりはしない。

「おまえらきたりもんが調布のリスを勝手に拾ってんじゃねえ。怪我でも病気でもいいから、つべこべ言わずに持ってこい」

終業式の日にはしびれを切らしたのか、将太がおかしな屁理屈《へりくつ》までこねて難癖をつけてきた。

さすがにむっとしたけれど、晴夫はやはり取り合わなかった。「きたりもの」というのは余所者のことをさす方言らしいが、そんな言葉を嫌味たらしくかけてくる同級生はほかにいない。

たとえコマの怪我が治っても、ショータにだけは見せてやるものか、と晴夫も意地になっていた。

じつのところ、この数日間にコマは目に見えて動きがよくなっていた。まだリス本来の素早さはないものの、晴夫が苦労して組み立てた巣箱のなかで縦横に動きまわっている。エサも生野菜や雑穀を食べるようになり、煮干しやひまわりの種をやると喜んで齧る。名前のとおりちょこまか動きだすのも、そう遠い日ではないと思われた。

近所の友達と通信簿の内容を大騒ぎして暴きあったあと、晴夫たちは笑い声も高らかに通学路を帰った。途中で追いついた下級生の習字や図画工作の荷物を持ってやり、社宅に着くと昼からの約束をして友達と別れる。

「ただいま！」

玄関から子供部屋に直行して、やたらと重たい宿題の詰まったカバンをおろし、さっそくコマのようすを見る。

最近になってやっと気づいたのだけれど、拾ってきてしばらくのあいだコマはすこしずつ痩せていたようだ。やはり父が言っていたとおり、かなり危険な状態だったのだろう。いまふっくらと毛に包まれた背中や太腿の丸みを見ていると、それがよくわかる。

「コマ、おやつだよ」

カボチャの種を皿にのせて巣箱に入れた。すると、今日のコマはなぜかおやつを手につかんだまま立って遠くを見やり、背丈ぐらい長い尻尾をシャカシャカと左右に振っている。

コマが弱っているあいだはエサを小分けにして何度も与えていたが、いまは朝に一度の主食と午後におやつをやるだけにしている。エサやりは世話をするなかで一番楽しい。だから回数が減るのは惜しいけれど、それだけ一度にしっかりと食べられるようになったのだ。飼い主としては、残念ながら、大いに喜ばなければならない。

ほんとにずっと見てられるけど、そろそろ手を洗わなきゃ、と考えていると、母がいつもの小言を廊下に響かせるかわりに、おかえりと部屋に顔を覗かせた。

「憶えてるわね？　今日は夜間ロケがあるわよ」

「うん、ちゃんと憶えてる」

「昼からはコウちゃんたちと遊ぶの？」

「そうだよ、プールで遊ぼうって約束してる」

「それなら大丈夫だろうけど、早めに晩御飯を食べて、広場に集合するから、いつまでも遊んでないで帰ってくるのよ」

「わかった。そうする」

と晴夫は素直に言った。どうせみなも事情はおなじだから、時間になればしぜんと解散することになるのだ。

「じゃあ、むこうに通信簿を持ってきなさい。晩御飯をなんにするかは、それを見てから決めようかしらね。ああ、楽しみだこと」

幸代はわざと意地悪っぽく笑って台所にもどっていった。社宅内でロケ撮影がある日は、すこぶる母の機嫌がよくなる。贔屓《ひいき》のスター俳優を間近で見れるし、運がよければエキストラでおなじ画面に映ることさえできるのだ。

今夜の予定では、晴夫も母と一緒にエキストラに参加することになっていた。

エキストラはこれで三度目だけれど、晴夫はまだ映画の画面に出たことがない。一度目は自分が撮られていたかどうかもわからず、二度目はたしかに俳優の近くでカメラに写ったが、その部分はカットされてしまった。友達と一緒に忍び込んだ試写室から、晴夫だけが肩を落として出てきたのだ。

今回は三度目の正直になるだろうか、それとも二度あることは三度のほうか。

晴夫は通信簿と保護者宛のプリントを持って茶の間に行き、ちょっぴり褒められ、たっぷり絞られた。部屋にもどって巣箱の掃除をしたあと、そうめんを食べて、水泳用のふんどしを締めると、走ってプールにむかった。

敷地内ではすでに撮影の準備作業がはじまっていた。中央通りの砂利道には大蛇の群れのように太い電線が幾筋も横たわり、女子アパートのまえでは門扉や板塀、看板、植木などが搬入されて建て込みに取りかかっている。

照明機材も大量に運び込まれていて、ライトを担いで歩く父の姿も見えた。父は照明技師に次ぐチーフという立場だから、機材運びは若手にまかせていいはずだが、目のまえに荷物があれば放っておけない性分なのだろう。重量のある機材にもびくともしない細身のまっすぐな背筋が、遠目にも格好よかった。

広場のほうでは、ハンマーのカーンカーンという槌音《つちおと》や鉄パイプがぶつかる金属音が響いていた。撮影部のひとたちがカメラ台を組み立てているのだ。高さは三メートル近いだろうか。イントレと呼ばれていて、そのうえにカメラを据えて俯瞰《ふかん》や遠景を撮る。

晴夫がカメラ台のまえを遠巻きに歩いていくと、かたわらの木陰でタバコをふかしていた年配のスタッフが「おい」と呼びとめた。なにごとかと振りむいたが、呼ばれたのは晴夫ではなく、うしろでライトを運んでいた父の同僚だった。

「昨日も第二ステージで、二重《にじゆう》からスルメの臭いがしてきたそうだ。それも、また本番直前に」

「そうかい。いやあ、すまんねえ」

「どうせ、近藤だろ。監督が怒りだすまえに、注意しとけよ」

「おれたちも、あいつには手を焼いてるんだ。そんな悪いやつじゃないんだが、とっぽいところがあってな」

「あいつは時間があくと、すぐにごそごそやりだすだろ。酒でも飲んでるんじゃないかと言ってる連中もいるぞ」

「いや、まさか酒は飲まんだろうが。まあ、なにかあってからじゃ遅いし、一度性根に入るようにきつく言っとくよ」

ステージ内でセット撮影をするとき、天井よりも高い位置にひと一人が通れるほどの通路を格子状に組む。この通路を二重といい、おもに照明部がライトの設置や調整に使い、トーキー撮影がはじまってからは、録音部もここからマイクを差し出して音を録《と》るようになった。

二重には若手の助手があがり、照明技師が下からライトの配置や角度、光の強弱などを指示する。

父の話によると、設置するライトは大型のものが多く、強烈な光と同時に高熱を発する。そのせいで若手のころは火傷《やけど》が絶えなかったが、待ち時間が長くて小腹がすいたときなど、餅や薄く切ったサツマイモをライトの熱でこっそり焼いて食べたという。

どうやら近藤はそうした息抜きの度が過ぎるらしい。

慎吾が言ったとおり、やっぱりケーハクなのか。このまえ撮影所でパチッとウインクした顔を思い出して、晴夫は首をかしげた。

プールのまえでは、康介《こうすけ》と克二《かつじ》がもうシャツも手拭いも柵に掛けて、ふんどし一丁で待ち構えていた。だが近づいてみると、なにやら浮かない顔をしている。

「おい、聞いてくれよ」と康介が言った。「今日はこれから作業が追い込みになるんで、プールで遊ぶのはあと一時間だってさ」

「えーっ、一時間か」

晴夫もがっくりした。やっと一学期が終わり、今日から遊びまくるぞ、と意気込んでいたのだ。

「だから、多摩川に行くかって話してたんだ」

と康介が言うわきで、克二が腕組みする。

「でも、それだと遅くなりそうだろ。今日は早く帰れって言われてるからなあ」

「じゃあ、どうする？」

と晴夫たちは額を突き合わせた。

およそ一分三十秒、真剣な協議の結果、追い出されるまでプールで遊んで、あとはハケ下の小川に行くことになり、そうと決まれば時間を無駄にするなと、晴夫たちはわれさきにとプールに飛び込んだ。

＊

家に帰ると、すでに晩御飯の支度ができていた。

「母さんはさきにすましたからね」と言われて、ひとりで卓袱台につき、なんとなくせっつかれるような気分で食べ終える。するとこんどは「顔を洗って口をゆすいでらっしゃい」と言われ、それを終えるあいだに、母は手早く片づけをすませていた。

「さあ、行くわよ」

「えっ、もう行くの？」

「遅れちゃ、たいへんでしょ」

「けど、早すぎない？」

「早すぎません」

幸代はぴしりと言った。機嫌はいいけれど、語気には有無を言わせぬ迫力があった。

玄関を出ると、西日が顔に照りつけた。まだ焼けつくような厳しさだ。撮影は日が暮れてからでないと、はじまらない。コウちゃんたちも早くきてればいいけど、と晴夫はひそかにため息をついた。

母は大ぶりの買い物かごを提げて、さっそうと歩いていく。女子アパートのまえはもう飾りつけが終わり、すっかり街角の景色ができあがっていた。今日はそこで撮影することになるのだろう。

「このまえより、すこし下町風ね」

幸代が足をとめて看板や垣根を眺め、そう呟いてまた歩きだす。母さんの映画好きは、いつからだろう。父さんと出会うまえ？　それとも出会ってから？　たぶん出会うずっとまえからだな、と晴夫は思った。母の背中が子供みたいにうきうきしているのだ。

広場の手前の大型ライトのならぶ一角で、父の声がした。振りむくと、浩吉が開襟シャツの首筋に手拭いをかけ、手にしたハンチングで顔をあおぎながら近づいてくる。

「ご苦労さん。またとりわけ暑い日に当たったな」と母に苦笑して、晴夫にうなずきかけた。「今日はおまえもか」

「うん、三度目の正直になるかな？」

「さて、どうかな。ともあれ、今日は長くなるだろうから、そのつもりで心構えしておくんだぞ」

「監督さんが、そういうひとなの？」

「まあ、そうだ」

「じゃあ、あなたの帰りも遅くなりますか」

と幸代が訊いた。

「ああ、だいぶ押してるからな。泊りになるかもしれんが、どっちにしても一度は帰るつもりだ」

「そうですよ、ちょっとでも休まないと。このところ、ろくに寝る暇もないんですから」

「みんなおなじだから、ひとり楽するわけにはいかんが。まあ、交代で休むようにこころがけるよ」

浩吉はハンチングをかぶりなおして、仕事にもどって行った。

広場にはまだエキストラの参加者は大人も子供も数えるほどしかきていなかった。見まわしても、康介や克二たちいつもの遊び仲間の姿はない。

晴夫は困った。いるのは遊びなれない高等小学校の上級生か逆に小さな子ばかりで、なにを話せばいいか迷ってしまう。ところが、母はすぐに集まっているひとたちとおしゃべりをはじめた。とくべつ親しいわけでもなさそうなのに、やたらと楽しげだ。こんな時間から集合する者ならではの話題があるのかもしれない。

けれど晴夫は早くきたくてきたわけではないし、それはほかの子供たちもおなじだろう。手持ちぶさたな顔をしている上級生に声をかけて、あとどれぐらいかかるか見当を話し合っていると、下級生の男の子がきて晴夫のシャツの裾を引いた。

「ねえ、ハルオ兄ちゃんは、リスを飼ってるんでしょ?」

ふだんは別のグループで遊んでいても、もちろんたがいに顔や名前は知っている。

「うん、飼ってるよ」

とこたえるあいだに、もうひとり下級生が歩み寄ってきた。

「じゃあ、見れる?」

「ダメなんだ。怪我してるから」

「リスが?」

「そう、リスが」

「もしかして、死んじゃうの？」

男の子がにわかに表情を曇らせた。もうひとりの子も眉をひそめ、へたなことを言えばたちまち大粒の雨が降りだしそうだ。

「大丈夫、死んだりしないよ」と晴夫は言った。「もうだいぶよくなってきてるから」

「元気なの？」

「だいぶね」

「じゃあ、もうすぐ見れる？」

「うん、まあ、そうだな……」

「やった、いつ見れるの？　来週？　そのつぎ？」

一瞬で雲が晴れて、男の子たちの顔が太陽のように輝いた。

「それなら、おれも一緒に見ていいか？」

と上級生も会話に入ってきた。

「うん、そのときは……」

晴夫は曖昧にうなずいた。が、下級生たちは晴夫の顔色なんか気にしちゃいない。やった、やった！　とはしゃぎながら、母親のもとに駆けもどっていく。リスを見せてもらえると、さっそく報告しているらしい。

ようやく日が暮れてきて、広場にひとが集まりはじめた。

カメラやライト、大道具などの準備が終わり、めまぐるしかったスタッフの動きもいったん落ち着いている。あそこから一番星を探せたらな、と晴夫は夕焼け空を背にしたカメラ台を見あげた。

そうだ、『イントレランス』だ。晴夫は父から聞いたイントレの呼び名の由来を思い出した。むかしそういう題名のアメリカ映画があって、撮影のとき語り草になるほど凄《すさ》まじい数のカメラ台や足場を組んだらしい。

「よっ、早いな！」

康介がやっとのことであらわれた。すこし遅れて克二が駆けつけ、そのあと二人の母親が一緒にやってきた。みんな普段着だけれど、それでもやっぱりいつもよりこざっぱりしている。

あたりが薄暗くなり、いつのまにか母がおしゃべりをやめて、となりに立っていた。撮影開始が近いのだろう。スタッフの緊張が伝わるのか、集まった住人のざわめきが低くなる。空が茜色から紫紺に変わると、スタッフのあいだで指示の声が飛んだ。

ブウォーンと巨大な羽虫の唸《うな》りのような音が走り抜け、いっせいにライトが点灯した。見なれた女子アパートの周辺が、たちまちこうこうと輝く映画の舞台となった。

まばゆい光のなかに、人影が三つあらわれた。

男優一人と女優が二人。

男優はソフト帽をかぶり、冬物のコートで身体を包んでいる。見るからに暑苦しいけれど、とうの男優は涼しい顔だ。そう言えば、俳優は汗をかいたりまばたきしたりしないように訓練すると聞いたけれど、ほんとだろうか。

女優は二人とも若くてきれいで、ひとりは有名な花形女優だった。が、晴夫の目はもうひとりの女優に釘付《くぎづ》けになった。慎吾と一緒に撮影所に行ったときに言葉をかわした、あの天使のような女優だった。

「母さん、あのひとはだれ？」晴夫は囁くように訊いた。「あの年下に見えるほうの女優さんだけど」

「ああ、あのひとは今年入社した新人さんよ。名前は原節子《はらせつこ》さん」母はすらすらと言った。「とってもきれいでしょ。演技もしっかりしてるし、大人びて見えるけど、若いのよ。孝夫《たかお》と同い年なんだから」

「兄ちゃんと？」

と晴夫は目をぱちくりさせた。それなら三歳しか違わない。兄と一緒というのも信じがたいけれど、自分が三年後にあんなに大人っぽくなるなんて考えられない。

「でも、びっくりね」と幸代が笑いをふくむ声で言った。「晴夫も女優さんのことを気にする年頃になったんだ」

助監督がきて撮影内容やエキストラの動きを説明すると、みなが持参した冬服をはおりはじめた。母も買い物かごから厚手の上着を出して着こみ、晴夫にはセーターを頭からかぶせる。半袖の腕に毛糸がチクチクするけれど、しばらく我慢するしかない。

俳優の近くで演技をする数人を選んで、助監督が詳しい指示をするあいだに、衣裳部の助手がみなの服装を点検してまわり、撮影に合わないものは用意した服に着替えさせ、物足りないときには小物を追加した。

「暑いけど、我慢してくれよ」

と言われて、晴夫は首にマフラーを巻かれ、克二は頭に毛糸の帽子をかぶせられた。

それがすむとテストがはじまり、晴夫たちは女子アパートのまえを三往復した。宵口からの風が凪《な》いで、ライトの光のなかは真昼のような暑さだった。マフラーのせいで顔が火照《ほて》って茹蛸《ゆでだこ》みたいになっているのが、鏡を見なくてもわかる。

「監督さんがカメラ脇に座ったから、じきに本番だな」

だれかの囁きが聞こえて、まもなくチーフ助監督が声を張りあげた。

「本番！」

あちこちから「本番！」「本番！」と復唱が返り、その余韻がやむと現場は一瞬、嘘《うそ》のようにひんやりと静まり返った。

「よーい」監督の声が響いた。「スタート！」

カチンコが鋭く鳴り、晴夫は歩きはじめた。テストのときとちがい、なんだか手足がぎくしゃくする。思ったより緊張しているようだ。

左手のほうでは俳優たちが、というか、あの天使のような女優さんが演技しているはずだが、もちろんそっちを見るわけにはいかない。当然だ。そう、当然だけれど、見てはいけないと思えば思うほど、勝手に首が動いてそっちを向いてしまいそうな気がする。そして、それをこらえようとすると、よけいに手足がぎくしゃくする。

マフラーのせいか、息苦しくなってきた。晴夫はほんのすこし首を左右に動かし、その拍子に足がもつれて転びそうになった。火照った顔から、さっと血の気が引く。

「カット！」

監督の声がして、カン、カーンー　とカチンコが二度打たれた。

現場の緊張がいっきにほぐれた。けれども振り子が揺りもどしてくるように、またじわじわと空気が張り詰めた。

「オーケー」

と告げる声が聞こえなかったからだ。カメラのほうを見返すと、監督は折りたたみ椅子の背に身体をあずけ、腕組みして天を仰いでいる。

二回目の準備がはじまり、晴夫はいったんマフラーを緩めて息をととのえた。ふたたび「本番！」の声が現場をめぐり、「よーい、スタート！」と監督が叫んだ。晴夫はさっきよりはしぜんに歩けた気がしたが、こんども「オーケー」は出なかった。

監督がまた腕組みして、どこか遠くのほうを見あげている。

しばらく待たされて、三回目の本番がはじまった。待っているあいだに、どうやら原因は二人の女優のどちらからしいと囁く声が流れてきたが、その真偽はともかく今回も晴夫の演技とフィルムが無駄になった。

監督は腕組みしたまま、こんどはうつむいている。

かなり待たされて、四回目の「スタート！」の声が響いた。晴夫はあの新人女優の演技が気になったが、気持ちを引き締めてまっすぐ歩いた。さすがに手足もほぐれて、こう言っちゃなんだけど、うまく通行人を演じられたと思う。

「カット！」

叫び声のあとに、カチンコが二度鳴り、重苦しく空気が張り詰めるなか、ようやく監督が口を開いた。

「オーケー」

現場全体から、ほっと息が洩れた。

晴夫もひと安心したが、まだつぎの場面の撮影がある。いまなら俳優たちのほうを見てもかまわないだろうと、砂利道を引き返しながら目をむけた。けれども見えたのは男優のソフト帽だけで、目当ての女優の姿はひとの波に隠れてしまっていた。

広場にもどると、助監督からこんどは母と一緒に歩くように指示され、衣裳部のひとにはマフラーを取るかわりにジャンパーを着せられた。母もなんの柄かわからない地味なスカーフを首に巻かれ、買い物かごを取りあげられて古びたハンドバッグを押しつけられている。

監督と俳優の打ち合わせが終わり、スタッフがまた配置につくと、今回はテストと本番を合わせて、晴夫たちはライトの光熱のなかを八往復した。それでどうにか終了したが、父が心構えしておけと言ったのもわかる、長くて暑くて気が重くなるエキストラ撮影だった。

ぐったり疲れて家に帰ると、コマはもう巣箱ですやすやと眠っていた。

四

「今日はお父さんが早く帰ってくるから、一緒に梅ノ湯に行けるわよ」

と母が台所から顔を覗かせて言った。

「いいよ、べつに。晩御飯のまえに、アパートのお風呂を借りに行くから」

「あら、どうした風の吹きまわし？　最近、銭湯銭湯って言わないわね」

「じゃあ、行ってきます」

晴夫は巣箱を抱えて玄関を出た。いま使っている本格的な巣箱ではなく、はじめに寝床として使っていた木箱を改造したものだ。

村野は巣箱の材料を用意するとき、ベニヤ板や針金などを組み立てればいいだけの状態に加工してくれていた。その仕組みと構造を参考にして、今日のために持ち運びできる巣箱をこしらえたのだ。

八月の第一週。晴夫は下級生にせがまれて、ついにコマを社宅の友達に見せることにした。

コマもずいぶん元気になったし、ぱっと見せて、ぱっと帰れば、そんなに負担にはならないだろう。家で見せることにしなかったのは、そう考えてのことだ。いくらコマの体調のためでも、遊びにきた友達に早く帰れとは言いにくい。

広場にむかって歩きながら、晴夫は口を尖らせて巣箱を覗き込んだ。リスにも友達にも気を遣わなきゃならないんだからたいへんだ。ほんと、世の中になんの悩みもなく遊び暮らしてる子供なんてひとりもいやしない。

「よう、どっか行くのか」

家の近所で聞くとは思わない声が聞こえたので、晴夫は顔をあげて見なおした。ひときわ険しい目つきをして、むこうから慎吾が近づいてくる。

「多摩川に行かねえかと思って、誘いにきたんだけど、どうやらダメそうだな」

「うん、今日はみんなにコマを見せるんだ」

「へえ、いよいよお披露目か」

「まだちょっと心配なんだけど、小さい子に言われて、断れなくなったんだ」

「そういや、クラスでもやいのやいの言われてたな」

「川には泳ぎに行くだけ？　花火大会はまださきだよな」

「今日は川の家で、スイカ割りをやるらしいんだ。うまく割れたら、食べ放題だってよ」

「そうか。一緒に行けたらいいのに、ごめんな」

「気にすんな。通りがかりに、ちょっと寄ってみただけだ」

　慎吾の家から多摩川に行くには、たしかに社宅のまえの道路を通ることになる。

「じゃあな」

　と慎吾が背をむけた。

「いや、待って」晴夫は思いついて、慌てて呼びとめた。「リスはちょっと見せるだけだから、そのあと一緒に行くよ。かまわないだろ？」

「おまえがいいなら、おれは文句ねえぜ」と慎吾は言った。「じゃあ、そのへんで待ってら」

　二人はならんでしばらく歩き、いったん手を振って別れた。

　広場にはもう二十人ぐらいのひとだかりができていた。夜間ロケの日に約束をした下級生をはじめ、あのとき一緒にいた上級生、いちおう内緒のはずの話を聞きつけた連中、それにもちろん康介や克二たちいつもの遊び仲間もいる。

晴夫はいったんひとだかりのまえを通り過ぎて、木陰に巣箱を置いた。木の幹を背にしてうずくまり、それからみなに手招きした。

巣箱は左右に針金の柵をはめた窓をつくり、上蓋も以前の竹ひごを編んだ覆いではなく、木枠と針金の柵で作った丈夫なものに替えている。父に糸鋸《いとのこ》や錐《きり》の使い方を教えてもらい、三日がかりで苦労して仕上げたのだ。

「大きな声を出したり、箱を叩いたりしないでくれよ」と晴夫は集まった顔を見まわした。「じゃあ、どうぞ」

みながいっせいに巣箱を囲んで押し合いへしあいしかけたが、上級生がすかさず仕切った。

「おい、押さないで、三列にならべ。小さい子から順番に見せてやるんだ」

すると、二十人が下級生から順番に行儀よく三列になった。そしてひとりずつまえに出ると、三方から巣箱を覗き込んだ。

「うわっ、かわいい！」

歓声をあげる子、息を詰めて眺める子、けらけら笑いだす子、ヒョットコのように口をすぼめる子、しんみりため息をつく子、こぶしを握り締めて「すげえ」と唸る子。晴夫はしばらく緊張したけれど、みなのようすを見ているうちに楽しくなってきた。

「これ、あげていい？」

リスを眺め終えた下級生のひとりが、晴夫のわきにきて丸い空き缶を開けて見せた。なかにドングリがいっぱい詰まっている。

「これはいつのドングリかな」と晴夫は訊いた。「去年の秋に集めたやつ？」

「うん、そう……」

下級生が不安げにうなずく。

晴夫は腕組みして首をひねった。去年のドングリを食べさせても大丈夫だろうか。リスは木の実を埋めておいて、あとで掘り出して食べるというけど、黴《か》びたり腐ったりはしていないかな。

「ちょっと見せてくれる？」

晴夫は空き缶を受け取り、詳しく中身を見た。優しいお母さんだな、と思った。ドングリはきれいに洗って乾かしてあるらしい。どれも汚れひとつなく、つやつやしている。

「ひとつだけね」

と晴夫は言った。

「ありがとう！」

その子はもう一度列にならび、自分の順番がくると、蓋の柵の隙間から、ドングリを一粒、ぽとりと落とした。コマはしばらく警戒していたが、ちょこ、ちょこ、と鼻を寄せて、二、三度突っつき、ぱっと前足でつかむと、勢いよく齧りはじめた。

「見て、食べてる！」

「うん、おいしそうに食べてるな」

「またあげてもいい？」

「いいよ、またこんどね」

うしろにいた子供たちもまえに寄って、ドングリを食べるコマのようすを眺めた。

「じゃあ、そろそろおしまい。リスからしたら、人間なんてお化けみたいに大きいんだ。大勢でじろじろ見てたら、疲れ切って病気になっちゃう」

晴夫がそう声をかけていると、プールで遊んでいた子供が四、五人ほど駆け寄ってきた。

「おい、なにを集まって見てるんだ」

と言いながら、列に割りこんでくる。

「うわっ、冷たい」

「濡れた身体で押すなよ」

「いいから、通せって」

「どこだ、どこだ」

ならんでいた子供たちと揉《も》み合《あ》いになり、バランスを崩した上級生がとなりの子供の服をつかみ、つかまれた子がよろけて最前列の下級生の背中にぶつかり、ぶつかられた子が巣箱に倒れかかった。

巣箱が横倒しになり、はずみで開いた蓋からコマが逃げ出した。

「あっ！」

晴夫は慌てて手を伸ばしたが、尻尾をつかみかけて、とっさに動きを止めた。コマが木の幹に飛びついて、素早く登りだした。晴夫は立ちあがり、身構えながらコマの姿を目で追った。繁みまで登られてしまったら、捕まえるのが難しくなる。

だがコマは二メートルぐらいの高さまで登ると、ふいに動きをとめ、身をよじるように幹を離れて地面に飛び降りた。そしてまた素早く四、五メートルほど走ったが、そこで急に動きが鈍くなった。右足を引きずっているように見える。

どうしたんだろう。怪我していたところをまた痛めたのか。ああ、もう、なんてことだ。でもとにかく、これならどうにか追いつけるかもしれない。

「おれが捕まえるから、みんな動かないで！」

晴夫は叫んだ。ほかの子供たちは、リスを追いかけるべきかどうか判断がつかず、その場に立ちつくしていた。

晴夫はゆっくりとコマに近づきながら、シャツのボタンをはずして、できるだけ静かに脱いだ。それを網がわりにかぶせて、コマを捕まえるつもりだ。

両手でシャツを広げて近づいていくと、あと一メートル足らずのところで、コマがまた走りだした。晴夫も追いかけて走り、思い切って飛びついたが、気が逸《はや》ってしまった。まだ五、六十センチは届いていない。

コマは社宅の玄関口のほうに逃げていく。晴夫が目で追いながら立ちあがると、コマの走っていくさきに慎吾の姿が見えた。

慎吾はなにも聞かなくても状況がわかったらしい。着ていたランニングシャツを脱いで、晴夫とおなじように両手で広げ持った。

コマの動きはやはりおかしかった。近づくと素早く逃げるが、距離が開くと、右足を引きずりはじめる。晴夫は胸が締めつけられた。可哀想だけれど、おかげで見失わずにすんでいる。コマ、逃げないで。お願いだから、もう逃げないで。

コマがふいにむきを変え、こちらにもどってきた。晴夫は立ちどまり、小さく屈んだ。広げたシャツをそーっと地面に近づけて、静かに待ち構える。

だが風に揺れるシャツの袖に驚いたのか、コマがまたむきを変えて逃げ出した。晴夫は立ちあがり、まえのめりに追いかけた。

この方向なら、慎吾と挟み撃ちにできる。慎吾はあまり動かず、険しい目を地面に配っている。コマの姿をはっきりと捉えていないようだ。晴夫はシャツを握る右手のひとさし指を立てて、コマの居場所を指さした。

「そこにいるんだ。もうじき目のまえに行くよ」

そう言ったやさき、コマが急に左に折れて、ジグザグに走りだした。慎吾がようやくコマの姿を見つけ、ぱっと地を蹴って飛びかかった。が、ほんの十数センチ届かない。腹這いになった慎吾のわきを晴夫は駆け抜けた。慎吾もすぐに立って追いかける。

コマはもう玄関口の近くまで逃げて、周囲を見まわしている。社宅のまえの道路のむこう側は、鬱蒼《うっそう》と草木が生い茂る空き地だ。そこに走りこまれたら、もはや探しようがない。それだけは絶対に防がなくちゃならない。

晴夫は焦りと不安と汗にまみれながら、コマを怖がらせないよう、できるかぎり静かに近づいた。小さく背を丸めて、糸のように細く息をひそめ、足音をしのばせる。

慎吾は先回りして待ち構えるつもりらしく、そっぽの方向から玄関口にまわりこんでいく。ところが、コマはその狙いに気づいたように、道路のほうに走りだした。晴夫はもうなりふりかまわず全力で追いかけた。

玄関口から道路に出たとたん、コマの動きが鈍った。警戒するように左右を見る。右側から慎吾が近づき、晴夫もあと数歩の距離まできている。そのとき左側から網が伸びてきて、すっぽりとコマのうえにかぶさった。

晴夫は一瞬、なにが起きたのかわかるようなわからないような、ほとんど頭の中が真っ白な状態になった。そこに見えるのは、魚を獲《と》るときに使う、たも網のようだった。

やっとわれに返って、たも網の持ち手の顔を見た。

「ありがとう、助かった！」

同級生の将太が驚いた表情で、晴夫の顔を見返していた。

＊

「怪我してるんだ。やさしく扱ってくれよ」

網のなかでもがくコマと、将太の顔を交互に見ながら、晴夫は言った。

けれど無駄だった。

将太はバッタでも捕まえたみたいに、たも網の口のほうをぞんざいにねじりあげて、身動きできないようコマを閉じこめてしまうと、顔のまえに持ちあげてぶらぶらと揺らした。

「これが、おまえの拾ったリスか」

「そうだよ。ありがとう」晴夫は語気が尖らないよう精一杯に気をつけた。「捕まえてくれて、ほんとに助かった」

だが将太は露骨に冷ややかな口ぶりをした。

「逃げたんだな。で、おれが捕まえたわけだ」

「うん、巣箱がひっくり返って逃げ出したんだ。けど、途中でようすがおかしかったから、怪我がひどくなるまえに返してくれないか」

「はあ、返す?」将太が大袈裟に目を見開いた。「おれが捕まえたんだから、こいつはもうおれのリスだろ」

「えっ、そんな……」

晴夫は声が詰まった。まさかと思いたかったが、やはり将太はそういうやつだった。失望と怒り、困惑と焦り、不安と苛立《いらだ》ちが、胸のなかでぐちゃぐちゃに渦巻きだした。

「なあ、ショータ、そんなこと言わずに返してくれよ」

「うるせえ、こいつは調布のリスだ。そもそも、きたりもんのおまえが飼ってるのがおかしいんだ」

将太が網のなかのコマをまたぶらぶらと揺らす。晴夫がこぶしを固めて詰め寄ろうとすると、慎吾が二人のあいだに割り込んで、将太のすぐ鼻先に立った。

「なんだ、文句あんのか」

将太が凄んだが、慎吾は黙って睨みあげている。

「どけよ、うっとうしいな、おまえは関係ねえだろが」

この日、将太は取り巻きを三人引き連れていた。ぶつくさ言いながら、その三人とひとかたまりになるところまで後退ると、ふんぞり返って慎吾を睨みおろした。

「よく聞けよ。こいつはもともと調布のリスだ。それをあいつが拾っただけで、逃げたらまた調布のリスだ。それをこんどはおれが捕まえた。だから、こいつはもうおれのもんだ」

「そうだ、これはもうショーちゃんのリスだ」

「飼おうが、逃がそうが、ぶっ殺そうが、ショーちゃんの勝手だ」

取り巻きたちがここぞとばかりに煽《あお》り立てる。

だが慎吾は将太だけを睨みあげている。晴夫からは見えないが、凄まじい目つきをしているようだ。将太は瞼がぴくぴくと引きつっている。

木陰のほうにいた近所の子供たちが、なにごとかと近づいてきた。おーい、どうした、揉め事か、と上級生や康介たちの声が聞こえてくる。

将太はちらとそちらを見やり、唇をゆがめて舌打ちした。

「ちぇっ、行くぞ！」

取り巻きに言って、背をむけようとしたが、慎吾が腕をつかんで引きとめた。将太が力まかせに振りほどこうとしても、取り巻きたちが、やめろよ！　ショーちゃんを放せ！　とわめいても、慎吾は杭《くい》を打ち込んだようにびくともしない。

「くそ、しょうがねえ」将太が唸って、晴夫のほうを見た。「おい、相撲で決着をつけようぜ。おまえが勝ったら、リスを返してやる」

晴夫がこたえるまえに、慎吾が素早くうなずいた。

「おう、いいな。そんなら、おれがかわりに相手してやる」

晴夫は驚いたが、将太も顔を強張《こわば》らせている。慎吾が自分よりも大きな相手の腰に取りついて、こっぴどく地面に叩きつけるのを、晴夫は学校の運動場で何度も見たことがある。

将太が怒りをあらわに吐き捨てた。

「ふざけるなよ、シンゴ、なんでおまえがでしゃばるんだ！」

「相撲がいやなら、算術で勝負しろよ。だったら、おれは口を挟まねえ」

「卑怯《ひきよう》じゃねえか。晴夫は算術が得意だろ！」

将太が唾を飛ばしてわめいた。だがべつに晴夫は算術が得意ではない。将太がとりわけ苦手なだけだ。

「そんなら、水練にしろよ」と慎吾が言った。「それだったら、腕っぷしも頭のよしあしも関係ねえだろ」

「泳ぎか」将太が眉をひそめ、やがて自信ありげにうなずいた。「よし、決まりだ。おい、ハルオ、水練で決着をつけるから、明日の昼一時に多摩川の遊泳場にこい。こなけりゃ、二度目はねえぞ」

そう言って慎吾に目をもどし、これで文句はねえだろう、と腕を振りほどこうとする。

こんどは慎吾もすっと手を放した。

「行くぞ、おまえら」

取り巻きに声をかけて、将太が背をむけた。すると、バケツを持ったひとりが、

「あれ？　川には行かねえの」

「ばか、リスを捕まえたから、今日はもう帰るんだよ」

「ああ、そうか。じゃあ、コイはこんどだな」

「スイカ、喰いたかったなあ」

取り巻きたちが好き勝手に言い合いながら、将太のあとについていく。

コマが網に包まれたままなのを見て、晴夫は呼びとめた。

「待って！　そのままじゃリスが可哀想だから、せめて巣箱に入れてやってくれよ」

広場のほうに駆けもどろうとすると、さいわいにも上級生が巣箱を持ってきてくれていた。晴夫は受け取って、将太に巣箱を差し出した。将太は顎をしゃくって、取り巻きのひとりに巣箱を持たせた。

「ふうん、こんなもんまで作りやがって」

将太は鼻を鳴らしながら、乱暴な手つきでコマを巣箱に入れた。よく見えないけれど、コマは網から床に落とされたまま、ぐったりしているようだ。

「怪我してるから、やさしく扱ってくれよ」

晴夫はもう一度言った。だが将太が返事するはずもなかった。

遠ざかる将太たちの背中を見ていると、慎吾がとなりに立った。

「すまん。おれは目が近くて、リスがよく見えなかったんだ」

晴夫は唇を嚙んだ。そうか、慎吾は近視なのか。それでふだんから目つきが鋭いのだ。

どうしてこれまで気づかなかったのだろう。

「謝ることないよ。シンゴのせいじゃないから」

「けどな、おれがちゃんと見えてりゃ、捕まえられたかもしれねえ」

「たとえそうだとしても、やっぱりシンゴのせいじゃない」と晴夫は言った。「それより、ショータに睨みを利かしてくれてありがとう」

「あれぐらい、どってことねえけど」と慎吾が言った。「泳ぎなら、勝てるだろ?」

「勝つさ、絶対に」

二人ともまだ上半身裸で片手にシャツを握り締めていた。

五

翌日は昼前から雨が降りだし、水練の勝負はつぎの日に持ち越された。

将太の伝言を慎吾が預かり、晴夫の家まで知らせにきてくれた。

勝負は明日。集まる時刻と場所はおなじ。応援は二人まで。ただし、大人は連れてこないこと。

言われるまでもなく、晴夫は今回のことを両親には黙っていた。隠すというより、こうした出来事は大人に言わなくて当然と考えている。話せば必ずといっていいほど、言いつけたかたちになるからだ。これは名誉にかかわる問題だった。

雨は夕方にやみ、つぎの日は朝からきれいに晴れて、アブラゼミがうるさく鳴いた。

晴夫は何度も庭に出て、空に雲が湧いていないことをたしかめた。昨日は丸一日、コマのことばかり考えていた。もはや居ても立ってもいられない気分だった。

母に頼んで昼御飯を早めてもらい、軽めに腹ごしらえした。満腹で冷たい川の水に入ると、胃が痙攣《けいれん》することがあるからだ。

部屋にもどって水泳用のふんどしを締め、そのうえからシャツとズボンを着こんだ。野球帽をかぶり、ズボンのポケットに着替えのパンツを入れ、首に手拭いを念のため二本重ねてかける。

十二時二十分、晴夫は家を出た。

「よう、いまからか」

玄関先に慎吾が立っていた。しばらくまえから待っていたらしい。

「なんだ、きてたのなら声をかけてくれりゃよかったのに。母さんはあれから、シンゴは遊びにこないのかってよく言うんだ」

「そうか、またこんどな」と慎吾はうなずいて、「今日の応援、もう決まってんだろ?」

「となりの組のコウスケとカツジは知ってるよな。あいつらがついてきてくれるって。広場で待ち合わせてるんだ」

「じゃあ、そこまで歩こうか」

慎吾がめずらしく思案顔で歩きだした。晴夫は横にならんで顔を覗き込んだ。

「どうかしたのか?」

「おれたち調布の子供はみんな小さいときから多摩川で遊んでる。ショータが水練の勝負を受けたのも、おまえよりよっぽど川で泳ぎなれてると思ったからだろ」

「そうだろうな。でも、おれも夏はしょっちゅうプールや川で遊んでるから、泳ぎには自信があるよ」

「そいつはわかってる。けどな」と慎吾は言った。「まえに河原に遊びに行ったとき、教えてやったろ。おまえが引っ越してくる二、三年前まで、多摩川はめちゃくちゃに砂利を掘り返してたんだ。で、いまも河原や川底のあっちこっちに、そんときの穴が残ってる。それは遊泳場でも変わんねえ」

「うん、憶えてるよ」と晴夫はうなずいた。「砂利穴は底から冷たい水が湧いてることがあるから、はまらないように気をつけろって言ってたよな」

いまは河原での採取が禁止され、堤防の外側の湿地で砂利が掘られている。そちらにも砂利穴ができて、ところどころ溜《た》め池《いけ》のように水が張っていた。水は表面を触ると日差しで温んでいるが、すこし深く指を入れると痺《しび》れるほど冷たい。

学校では湿地の砂利穴に子供が近づくことを禁じていたし、多摩川での遊泳や水遊びについても繰り返し注意を呼びかけていた。

「まじで、あれはやばいぜ」と慎吾は言った。「砂利穴の水で手足が攣《つ》ったり、胸が苦しくなって、そのまま死んじまうやつもいるんだ」

晴夫もそれはわかる気がした。地下水を入れたてのプールに飛び込んだら、心臓が止まってもふしぎじゃない。やっと泳ぐ許可が出た二日目でも、水のなかにしつこくいると気が遠くなりそうなときがあるのだ。

「朝からなんだか気になってな」広場の手前で、慎吾が立ちどまった。「ショータのやつ、ひょっとするとろくでもねえことを考えるかもしれねえ。今日は用心しろよ」

「あいつのほうが、多摩川をよく知ってるってことだな」

「それさ。だから、おかしなところがねえか気をつけるんだぞ」

「わかった、気をつける。悪だくみしてたら、すぐに見破ってやるさ」

「じゃあ、おれはさきに行ってる。ショータの泣きっ面を見んのが楽しみだ」

慎吾はそう言うと、にっと笑って、小走りに離れていった。

広場にはもう康介と克二が待っていた。一昨日、水練勝負の話をすると、二人ともいちもにもなくついて行くと言ってくれた。なんなら、おれがやっつけてやってもいいんだぜ、と康介は腕まくりまでしたものだ。

「やあ、ごめん！」

晴夫が手を振りながら駆け寄っていくと、康介が砂利道のほうを指さして、

「さっき走ってったの、シンゴだろ。心配してきたのか」

「うん、励ましにきてくれた」

「学校じゃ、やたら無愛想だけど、案外、いいやつだな」

康介が言うと、克二もうなずいて、

「目つきは悪いけど、いいやつだ」

「そうだろ」と晴夫もおおいに賛成した。「無愛想で目つきが悪いけど、ほんとにいいやつなんだ」

社宅の玄関口から多摩川までは十分とかからない。道路を右に行き、三人横にならんでハケ道をくだる。照りつける日差しに土が焼けて、きなくさいにおいがする。撮影所の塀がはじまるあたりに、ぼんやりと陽炎《かげろう》が揺らいでいる。

まっすぐに歩いて撮影所の正門を通りすぎ、敷地の角を右に折れる。しばらく行くと、左手にウォーターパークの水面がひろがり、前方に多摩川原駅が見える。

ウォーターパークは大正時代につくられた人工池で、そのころに植えた桜が枝ぶりをひろげ、春は満開の花を見ながらボート遊びができる。晴夫たちにとっては格好の釣り場だが、花見の季節だけは酔っ払いが多くて足が遠退く。

多摩川原駅のまえで道を左に折れると、ウォーターパークを渡る長い弁慶橋《べんけいばし》があり、そこから堤防の手前までは商店街になる。行楽客も往来する賑《にぎ》やかな通りを、晴夫たちはいつになく黙々と歩いていく。

川沿いに繁る松林が近くに見えてくると、そのさきの堤防越しにひとのざわめきや川面《かわも》を騒がせる水音が聞こえてきた。晴夫は堤防のうえに立った。遊泳場には川の家が立ちならび、河原にも川面にもたくさんの人影が動いている。

撮影所で俳優とスタッフを容易に見わけられるように、遊泳場で行楽客と地元の子供を見わけるのも簡単だ。川の家で休んでいるのは行楽客。海水パンツをはいているのも行楽客。地元の子供は炎天下をふんどし一丁で駆けまわっている。

晴夫は河原におりて、遊泳場の左端にむかった。指定された場所に、将太が腕組みして立っていた。一昨日とおなじ三人の取り巻きをしたがえている。すでにひと泳ぎしたのか、四人ともにふんどし姿で身体が濡れていた。

「おい、応援は二人じゃないのか。なんで三人いるんだ」

康介が取り巻きを指さして抗議した。

「こいつは応援じゃねえ。旗持ち役だ」

将太がぺっと唾を吐き、取り巻きのなかで一番背丈のある直治《なおじ》の肩を叩いた。

「旗持ち？」

康介が眉をひそめると、直治は砂のうえに倒してあった細長い竹竿を立てて見せた。

「これだよ。おれはこれを持って、川のなかに目印で立つんだ」

竹竿の先端には、白いハンカチが旗のように結びつけてある。

「おれとおまえは」と将太が晴夫を睨みつけた。「よーい、ドン、で河原をスタートして、この旗を回ってもどってくる。途中で足をつくのはかまわねえが、歩くのはダメだ。泳いで行って帰って、一秒でも早く河原にあがったほうが勝ちだ」

「よし」と晴夫は睨み返した。「それで勝負しよう」

「負けても、ぐずぐず言うなよ」

「そっちこそ」

「スタートの場所は、おれがここ、おまえがそこだ」

と将太が足元を指さした。岸辺には三メートルぐらい間隔をあけて、すでに大きく丸印が書いてある。

「おたがいスタート場所から、まず十歩まっすぐに進む。そうしたら泳げる深さになるから、そこから歩きは禁止。かわりに、どこをどんなふうに泳いでも勝手だ」

「わかった。まず十歩だな」

と晴夫はうなずいた。そのとき、うしろから声がかかった。

「おい、どうしてハルオが下流側なんだ。それだと流れに逆らって泳ぐぶん、不利じゃねえか」

振りむくと、いつのまにか慎吾がすぐそこに立っている。

「おまえ、こいつを味方しにきたのか」将太がまなじりを吊《つ》りあげた。「それなら応援が三人になるから、ルール違反でハルオの負けだ」

「応援じゃねえ」と慎吾は言った。「おれは審判にきたんだ。ズルするやつがいねえか見張るためにな」

「ちいっ！」将太は舌打ちして、晴夫に目をもどした。「水練勝負を言いだしたのはそっちだ。どうせ泳ぎが得意だからだろ。そんならスタートの場所ぐらいこっちが決めたって、文句を言われる筋合いはねえ」

「よし、スタート場所はこれでかまわない」

と晴夫は言った。そして振りむき、慎吾にうなずいて見せた。

慎吾は小さくうなずき返して、それとわかるように川面に鋭い目をむけた。

晴夫ははっと思い当たって、将太に言った。

「スタートまで、まだ時間があるだろ。おれも水に入って、身体を慣らしとく。文句ないよな」

「好きにしろ」

晴夫は返事を聞きながら手早く帽子と服を脱ぐと、下流側の丸印のなかに立って、まっすぐ川面に踏みこんだ。

遊泳場は遠浅で、おおむね流れも緩やかだ。昨日の雨の名残か、すこし水嵩《みずかさ》が増しているような気はするけれど、水は澄んでいた。

一歩目、二歩目はくるぶしほどの深さで、まだそれほど冷たくない。五歩目まで進んでも、深さはまだ膝下ぐらいだが、足の甲を包む水はかなり冷たい。そして川面はさざ波が揺れる程度なのに、足首のあたりはしっかり流れを感じる。

十歩目まで進むと、ふんどしが濡れるか濡れないかの深さになった。これならたしかに、なんとか泳げるだろう。膝のあたりを流れる水も冷たいが、足首からしたの水は流れも速くて肌を刺すようだ。なるべくこの水に触れずに泳がなければならない。

晴夫はゆっくりと腰をかがめて肩まで川に浸かり、両手で水をすくって顔と頭を濡らした。そしてまたゆっくりと立ちあがりながら、前方の流れに目を凝らした。砂利穴がないか探している。それを警戒しろと慎吾は目配せしたのだ。

真っ白な日の光が差しこむ川面を透かし見ていくと、さっき道路で見た陽炎のように、なにかぼんやりと川底に揺らいでいた。温度のことなる水は光の当たり方しだいで水と油のようにわかれて見える。そこに砂利穴があり、湧き水が溢れているのだ。

よく見ると、川底の一ヵ所から砂粒が噴きあがっていた。しかも砂粒は湧き水の周囲で渦を巻いている。

砂利穴の湧き水は、いま身体に触れているどの水よりも冷たい。晴夫にそのなかを泳がせるよう、将太はスタート場所を仕組んだのだ。湧き水の渦につかまり、こむら返りでも起こせば、それで勝負がつくと考えたにちがいない。

「おい、なにやってんだ。時間だぞ、もどってこい！」

将太が岸辺で怒鳴った。

晴夫が振りむいて引き返していくと、入れかわりに直治が竹竿を手に近づいてきた。

案の定、砂利穴の付近を避けて歩いていく。身体が徐々に川面に隠れ、胸まで浸かる深さになると、直治は進むのをやめて、こちらに向き直った。

岸から二十五メートルぐらい離れただろうか。直治が足を踏ん張り、両手で旗を立てた。

「リスは元気なんだろうな」

晴夫は訊きながら、スタートの丸印についた。

「あれは、おれのリスだ。おまえの知ったことか」

将太が吐き捨て、慎吾に顎をしゃくった。

「審判なんだろ、おまえが合図しろ」

「よし、二人ともいいな。よーい！」慎吾が右手を差しあげ、さっと振りおろした。

「ドン！」

二人はざぶざぶと水を蹴散らして浅瀬を走りだした。

＊

どうやって湧き水を避《よ》けて泳ぐか。

晴夫はスタート場所に引き返すあいだに方法を考えた。

最短は将太のいる上流側に斜めに泳いで行くコースだろう。けれども、これは流れに押されて湧き水の渦に巻き込まれるおそれがある。安全なのは下流側に大きく迂回《うかい》するコースだが、こちらは流れに逆らう距離が長くなりすぎる。すでにスタートの位置取りから不利なのに、それでは勝負を捨てるようなものだ。

もうひとつは泳ぎはじめから岸と平行に三メートル上流にむかい、そこで直角に曲がって将太のあとを追う方法だ。ばからしいようだけれど、確実に砂利穴を避けられるし、将太の泳いだあとなら少なくともほかの罠《わな》にぶつかるおそれがない。

浅瀬を十歩走り切ると、晴夫は真横に身を投げて泳ぎだした。三つ目のコース取りを選んだのだ。

将太もざぶんと飛沫をあげて川面に飛び込む。泳ぎ方は二人とも伸《のし》という泳法だ。水練の授業で習う河川に適した泳ぎ方で、身体を横にして水面から顔を出し、足は水を挟みつけるように蹴り、手は片方ずつ水をうしろに押しやるように掻く。

結果的にだが、浅い場所で流れに逆らって泳いだのは正解だった。晴夫は思ったよりも苦労せずに川をさかのぼり、むきを変えて将太のあとを追うことができた。それでも差は横に泳いだ三メートル以上ついている。

晴夫は歯を喰い縛り、手足の動きを速めた。岸から遠ざかるにつれて、足をひと蹴り、手をひと掻きするごとに、横からの流れが強くなる。まっすぐ進むためには、つねに上流にむかって斜めに泳いでいかねばならない。

水がひときわ冷たくなってきた。これだけ激しく動いているのに寒気がする。晴夫は腹に力をこめ、膝と足首を軟らかく使って、足が攣らないように気をつけた。

将太の背が近づいてきた。やはり横からの流れに苦労しているようだ。差は二メートルを切り、なおもひと掻きごとに距離の詰まる手ごたえがある。

だがそれでも直治の立つ折り返し点までには追いつけなかった。将太がさきに旗まで泳ぎついて、上流側から流れに乗ってくるりと回りこんだ。と同時に、晴夫がまうしろを泳いでいたと気づいて、驚きに顔をゆがめた。

将太も手足の動きを速めた。晴夫はもうペース配分を考えずに全力を出した。早く折り返すことだけに集中する。

やっと旗まできた。そう思ったが、まだ届いていない。力をこめて、もうひと蹴り、ふた搔きする。それでも、まだ届かない。

あっ、こいつ！

晴夫は気づいた。直治が旗を持ったまま、じりじりと後退っているのだ。スタートのときには胸までの深さだったのに、いまは首筋まで川面に浸かっている。

「待てよ、卑怯だぞ！」

晴夫が叫んだとき、がくっと直治の腰が砕けて、いっきに頭のさきまで水に沈んだ。川底の段差を踏みはずしたのだ。晴夫はとっさに竹竿をつかむと、体勢を反転させて、引きもどすように泳いだ。

直治は片手で竹竿をつかみ、片手でむちゃくちゃに水を叩いている。晴夫は足だけで泳ぎながら、両手で竹竿を手繰り寄せた。直治がなんとか水面に顔を出した。

だがまだ安心はできない。立ち泳ぎすると、爪先が凍るように冷たかった。直治はここに立っていたのだ。すでに身体が冷え切っているだろう。

晴夫はそのまま竹竿を引っ張って岸のほうに泳いだ。直治もしだいに落ち着いて、空いているほうの手で水を搔いて泳ぐようになった。

それからまた一、二メートルほど岸に近づいたとき、直治が声を出した。

「もう大丈夫。足がつくから、歩いてもどれる」

「ほんとだな」

「じゃあ、放すぞ」

直治の顔色をたしかめて、晴夫は竹竿を放した。そして、泳ぎ方を抜手《ぬきて》に変えた。

この泳法も顔は水面から出しているが、両手をクロールのように使う。ほんとは泳ぎ慣れた伸のほうが速いかもしれないけれど、将太とおなじ泳ぎ方ではもう追いつけないと感じたのだ。

実際、将太との差は十メートル以上開いていた。そのうえ直治を助けるあいだに、二人でかなり下流にまで流されてしまった。

だが競争はスタート場所にもどるのではなく、どこでもいいから河原に先着すれば勝ちのはずだ。

諦めてたまるか。晴夫は流れに逆らわず、下流に押される力を利用しながら、残りわずかな体力を振り絞って泳いだ。

思いのほかスピードに乗り、目に見えて河原が近づいてきた。けれども、その目の隅に映る将太の姿はすでに岸から十歩のあたりまできている。あとは浅瀬に立って、河原にむかって走るだけだ。

速く。もっと速く。間に合わない。もっと速く！　晴夫はひたすら手足を動かしつづけた。

突然、将太がひきつけを起こしたみたいにもがきはじめた。ばしゃばしゃと川面を掻きむしり、たやすく立てる深さのはずなのに、泡立つ水面に頭も手も沈んでいく。砂利穴の湧き水に巻き込まれてしまったのだ。

慎吾が鉄砲玉のように川に駆け込んだ。両手で水を掻きわけながら走って、将太が沈んだ場所までくると、頭からざぶんと飛び込む。水中で二人が揉み合うように激しく飛沫がはねた。そして、その水煙のなかに慎吾が将太の肩を抱えて立ちあがった。遅れて駆けつけた康介たち四人に助けられ、かろうじて冷水の渦から抜け出した。

将太は川の水をたっぷり飲んでいたが、さいわいにも溺れてはいなかった。取り巻き二人の肩を借りて、げふぉげふぉと咳《せ》き込《こ》みながら、引きずられるように岸まで連れていかれた。

康介と克二は下流の岸辺に晴夫を迎えにいき、慎吾はまだ川の途中にいる直治を助けて河原にあがった。

晴夫はどうにか自力で浅瀬に立ち、ふらつきながら河原にたどりついた。

「ショータは大丈夫なのか……？」

迎えにきた二人に訊き、そのまま両脇から支えられて、みなのいる場所にもどった。

将太は小さく背を丸め、膝を抱えてうずくまっていた。顔は蒼白、唇は青紫色で、全身をがたがたと震わせている。右足だけまえに投げ出しているのは、こむら返りを起こして痛むのかもしれない。

悲惨なありさまだが、じつのところ晴夫や直治も大差はなかった。二人とも顔から血の気が引いて鼻先と唇が青黒く、芯まで凍えた身体の震えが止まらない。

康介と克二が手拭いを取ってきて、晴夫の身体をこすりだした。

「こいつはおれが面倒見るから、おまえらはナオを世話してやれ」

慎吾が取り巻きたちに指図した。すると、将太のわきでおろおろしていた二人が、慌てて手拭いをつかんで直治の身体を拭きはじめた。

「ばかなやつだ、金玉が縮みあがったろ。ろくでもねえこと考えやがって、ひとを呪わば穴二つって言うんだぜ」

慎吾が言いながら、将太の身体をごしごしとこする。将太はうつむいてぶるぶると首を震わせるばかりで、悪態を返す気力もないようだ。

「おい、ハルオ、おまえは大丈夫か」

と慎吾が訊いた。

「うん、大丈夫……」

晴夫が震え声でこたえると、康介も振りむいて慎吾にうなずいた。

「身体は乾いてきたし、肌の色もましになってきた。この日照りなら、じきに震えも止まるだろ」

「それなら、こっちにひとり助《すけ》にきてくれねえか」

「わかった、あと十回こすったらいく」と康介はこたえて、将太のほうに顎をしゃくって見せた。「ところで、審判、そいっとの勝負はどうなるんだ？」

「河原にあがったのは、ショータがさきだ。けど、このざまだからな。勝負は自力で泳ぎ切ったハルオの勝ちだ」

慎吾はそう言って、将太の肩をつかんだ。

「どうだ、文句はねえな」

将太はわずかに顔を起こし、上目遣いに晴夫のほうを見た。まだ止まらない震えまじりに、かくかくと小刻みにうなずいた。

＊

晴夫はふんどしをパンツにはき替えて、シャツとズボンを着こみ、ぐいと野球帽をかぶった。

いますぐ将太の家にコマを受け取りに行く。当然だ。

康介と克二は普段着で応援にきて、びしょ濡れになったから、しかたなく途中で別れて社宅に帰った。慎吾もおなじく濡れねずみだったが、どうせ通り道だからとついてきてくれた。そういうやつなのだ。きっと遠回りでも一緒にきてくれただろう。

将太と取り巻き三人は、河原を出てから、ずっと無言で歩いていた。

深大寺城跡と小学校の中間ぐらいに、将太の家はあるという。調布駅の横の線路下のトンネルを抜けて十分ほど歩き、道を左に折れた。小高い塚のある畑地を過ぎて、片側が竹やぶになった見とおしの悪い道を行く。たしか慎吾の家もこのあたりのはずだ。

将太の父が大地主というのは、でたらめではなかったらしい。竹やぶのむこうに見えてきたのは、びっくりするぐらい長い塀に囲まれた豪勢な屋敷だった。いったいどれだけの広さで部屋がいくつあるのか、塀越しに眺めたぐらいでは見当もつかない。

門にも瓦葺《かわらぶき》の屋根がついて、いかにも立派に見えた。将太はその門口から死角になる路地に晴夫を待たせて、ひとりで屋敷に入っていった。残された取り巻きの三人はぶらぶらと路地をうろつき、晴夫と慎吾はなんとなくうつむいて土を蹴っていた。

ずいぶん長く感じたけれど、ほんとうは四、五分ぐらいだろう。

将太が巣箱を抱えて路地にもどってきた。だが晴夫が歩み寄ろうとすると、立ちどまって目を伏せる。見るからにようすがおかしい。将太はまた顔から血の気が引いて、凍えたように唇をわななかせている。

晴夫は背筋が冷たくなった。将太の手から巣箱を取り返し、なかを覗き込んで息が止まった。

巣箱のなかは血と抜け毛と汚物にまみれ、あちこちにどす黒いしみができていた。コマはその荒れ果てた棲家《すみか》の底に、血と汚れにまみれてぐったりと倒れている。尻尾が根元近くから抜けて、白く細い骨がむき出しになっていた。

「いま見たら、そうなってたんだ」将太がぼそぼそと言った。「おれはなにもしてねえぞ。そうだ、そいつはおれのせいじゃねえ」

晴夫は唇を噛んで、将太を睨んだ。あれほど卑怯なまねをしたのは、このことを隠すためだったのだ。なぜこうなったのか。いったいなにをしたのか。勝負に勝って、それらをすべてうやむやにしてしまう計略だったにちがいない。

将太はちらとこちらを見たが、晴夫と目を合わせなかった。落ち着きなく身体を揺らし、てのひらを何度もズボンにこすりつけた。

晴夫はまばたきをこらえて睨みつづけた。目のふちに涙がたまってきて、まばたきすると溢れてしまいそうだった。

慎吾がわきから巣箱を覗いて、たちまち血相を変えた。

「おい、なにしやがった！」と将太に詰め寄り、「これがおまえのせいじゃねえわけあるかよ」

「知るか。そいつは、もともと怪我してたんだろ。そのせいだよ」

「ふざけるな！」慎吾が将太の胸ぐらをつかんでねじりあげた。「ハルオがどんだけ大事に世話してたと思うんだ」

「やめろ。おれは悪くねえ。勝手にそうなったんだ」

「嘘つくんじゃねえ。なにをやらかしたか白状しやがれ」

「くそ、このやろう、放せよ」

将太が慎吾の手首をつかんであがいた。だが引き離すどころか、かえって首が絞まり、血の気のなかった顔が、しだいに紅潮していく。

「じたばたすんな！」慎吾が怒鳴った。「なにがあったか本当のことを白状して、ちゃんとハルオに謝れ」

「うるせえ、小作を呼んでこい！」将太が爆《は》ぜるようにわめいた。「くそったれが、この生意気なこせがれを連れてけ！」

慎吾がぐっと言葉に詰まった。取り巻きたちも息を呑んで、なにを言うのかという目で将太を見ている。

世の中には厳しい上下の差別があり、その現実は子供の身も縛っている。だがそれでも子供には子供なりの道徳があって、言ってはならない言葉が存在した。

将太はいまそのひとつを露骨きわまるかたちで、慎吾に浴びせかけたのだ。取り巻きたちが気まずげに身をよじり、慎吾はただじっと将太の口元を睨んでいる。

「おい、とにかく返したぞ」

将太が言いながら、晴夫のほうに顎をむけた。慎吾の手を引きはがし、どんと突き飛ばす。首筋をさすりながら、取り巻きたちの顔を見まわした。おれは大地主の跡取りだぞ。そう言わんばかりの目つきで睨みつけ、取り巻きたちがうつむくと、将太はぺっと唾を吐き捨てた。肩をそびやかして、屋敷に帰っていった。

「………」

晴夫は抱えた巣箱を見おろしていた。慎吾は身じろぎもせず、将太の立ち去ったほうを見据えている。取り巻きたちは顔を起こすと、ちらちらと晴夫と慎吾を見やり、だれともなく無言で路地を出ていった。

「おれも帰るよ」と晴夫は言った。「早く手当てしてやりたいから」

「送ってこうか。手伝うぜ、なんでも」

慎吾が振りむいて、晴夫の横顔を見つめた。

「大丈夫」

と晴夫はこたえた。そのあとは声がかすれて、もうなにも言えなかった。

慎吾に背をむけて歩きはじめると、目のふちから涙がこぼれて頬をつたった。すると、もうとめどなく涙が溢れてきて、たちまち頬を濡らしつくし、ぽたぽたと顎から滴り落ちつづけた。

「まあ、たいへん！」

家に帰ると、母の幸代もコマを見るなり顔色を失った。走って薬箱を取りにいき、消毒薬と軟膏《なんこう》で手当てして、涙目になりながら尻尾に包帯を巻いた。茶の間にもどると、こんどは裁縫箱を出して、綿入りの小さな蒲団《ふとん》を縫ってくれた。

その夜、その蒲団のなかで、コマは息を引き取った。

六

翌日、晴夫はコマの遺骸を懐に抱いて、深大寺城跡の森に行った。

はじめは庭にお墓を作るつもりだった。

けれども父が森に返してやってはどうかと言った。

「コマも親や兄弟のそばが寂しくなくていいだろう」

晴夫もそのとおりだと思った。あの眺めのいい岩場の近くにお墓を建てよう。そしてこんどはだれにも教えず、ひとりでお参りに行こう。

「母さん、ごめん」城跡の森から帰ると、晴夫は母に頭をさげた。「せっかく縫ってくれた蒲団も一緒に埋めてきたんだ」

「いいのよ、もちろん」と幸代は言った。「考えたんだけどね、晴夫。おまえが拾ってきたとき、コマはもうほんとは寿命が尽きてたのかもしれない。だけど、おまえがこころをこめて世話をしたから、すこしだけ長生きできた。おまえに拾われたこと、きっとコマは天国で感謝してるよ」

そうかもしれない。

けど、そうじゃないかもしれない。

どっちにしても、と晴夫は思う。どっちにしても、許せない。あのときどうしてすぐさま将太に組みついて力ずくでもコマを取りもどさなかったのか。いや、そのまえにどうしてみんなにコマを見せようなんて思ったのか。

ばかだ。ぼくは大ばかだ。ぼくのせいで……。

この日から慎吾はなぜか姿を見せず、そのまま夏休みのあいだ会うことはなかった。

晴夫は一度家を探して訪ねてみたが、小柄な母親が出てきて、慎吾は夏風邪を引いて寝ていると言った。ほんとかなと思ったけれど、たしかめようもない。慎吾の母は聞いていたとおり、見るからに優しげなひとだった。でも、ちょっと悲しげにも見えた。

晴夫はお見舞いだけ言って、なにも訊かずに帰った。そうしなければならない気がした。慎吾の母は手拭いを目深にかぶって隠していたけれど、左目のまわりに赤黒い大きな痣《あざ》ができていた。

夏休みが明けてしばらくしたころ、はじめて本当の話を直治に聞いた。

水練勝負の日、慎吾は晴夫と別れたあとに、もう一度将太を路地に呼び出して、さんざんに殴りつけた。そして、そのことを知った自分の父親から半死半生になるほど激しい折檻《せっかん》を受けて、半月近く寝込んでいたという。

けれど慎吾はそんなことをおくびにも出さず、二学期にもまた晴夫をいろんな名所や穴場に連れて行ってくれた。

だがそれも三学期の途中までだった。

調布尋常小学校の卒業式を迎えるまえに、晴夫は転校した。父の浩吉が撮影所の仕事を辞めて、社宅に住めなくなったのだ。

原因は撮影現場の事故だった。とある映画のセット撮影が深夜におよんださいに、二重で待機していた照明助手の近藤が酒を飲んでふらつき、助け降ろそうとした浩吉が四メートル下の土間に落ちたのだ。

浩吉は右肩と腰骨のほかに内臓を何ヵ所か痛め、療養後も照明の仕事にもどることができなかった。

昭和十一年二月、晴夫たち家族は日活村を出て、幸代の実家がある埼玉の草加《そうか》に引っ越した。

転校先では、晴夫はもう日暮れに一番星を探さなかった。そのかわりと言うわけでもないけれど、夕方は近所のソロバン塾に熱心にかよった。

母に言われてためしにはじめてみると思いのほか性に合っていたらしく、稽古の初日からふしぎなぐらいにすんなり計算に集中できたのだ。

草加高等小学校にあがってからは、ほとんどソロバン漬けですごしたと言っていい。晴夫は上達が早いほうではなく、指使いもそれほど巧みではなかった。けれど駆け足とおなじで、どんなに問題が多くても、どんなに計算が長くても、ペースを落とさずにソロバンを弾きつづけることができた。

これはあとで思うと、大きな取り柄だった。山のように問題を積んで稽古を重ねるうちに、晴夫は持ち前の集中力に磨きがかかり、ペースとともに正答率も息長くたもてるようになった。指使いも着実に上達していき、気がつけば塾で抜群の速さを誇るようになっていた。

晴夫のソロバンの腕前は高等小学校でも有名になり、成績も調布にいたころより全般的に伸びた。担任教師の勧めで進路として官庁の計算事務をめざすようになり、無事に二年間の学業を終えると、東京の逓信省《ていしんしょう》貯金局に就職した。

昭和十三年の春、晴夫は十四歳で親元を離れて下宿暮らしをはじめた。

東京で生活をはじめると、晴夫は日ごとに社会情勢を肌で感じるようになった。それは学生のときに抱いていた印象よりもはるかに険しいものだった。晴夫の祖国はさらなる繁栄をめざして戦争の道をひたすら突き進んでいた。

この前年、中国の北京《ペキン》郊外の盧溝橋《ろこうきょう》で駐留日本軍と中国軍の戦闘が起きた。当初は局地的な交戦にとどまり、数日後に停戦協定も結ばれたが、日本軍はこれを機に大陸への大規模な派兵を決めた。たいする中国軍も徹底抗戦の意志をかため、ついに日中間の全面的な戦争に突入した。

日本軍は短期間のうちに中国軍を屈服させられると考えていたが、戦闘は想定を超えて長期化、拡大化の一途をたどった。日本は国際的にも国力的にも追い詰められていき、これを打破するために新たな戦争に踏み切った。

昭和十六年十二月、日本海軍がハワイ・オアフ島のアメリカ海軍真珠湾《しんじゅわん》基地に奇襲攻撃を仕掛け、太平洋戦争が勃発した。これはたんに二国間の戦争にとどまらず、日本が米英等の連合国を敵として第二次世界大戦に参戦することを意味していた。

晴夫はこのとき十八歳。日中戦争がはじまり、すでに四年が経過していた。

翌年、兄の孝夫が陸軍に召集されて大陸に渡った。そして、それからまもなく父が胸の病で床に臥《ふ》した。

浩吉は撮影所を辞めて草加に移り住んだあと、越谷《こしがや》にある電気部品をあつかう小さな工場に勤めていた。けれども幸代の話によると、転落事故の後遺症に苦しめられて思うように働けなかったのだという。

　それでも晴夫が学校にかよっているあいだは、浩吉は歯を喰い縛って勤めに出ていた。だが子供をひとり立ちさせてからは、目に見えて気力が衰え、仕事も休みがちになった。怪我が完治するまえに無理を重ねたことも、体調の悪化に追い討ちをかけたようだ。

　幸代の手厚い看病もむなしく、浩吉は終戦を待たずに他界した。

　昭和十九年の秋、晴夫が二十一歳になってすぐのことだった。

　食糧事情は困窮をきわめていたし、医療も満足に受けられる状態ではなかったが、なにより撮影現場に復帰できなかったことが、父の寿命を削ったのだと晴夫は思う。浩吉は映画を深く愛し、照明の仕事に誇りを持っていた。

　晴夫はすでに軍務に就く年齢になり、覚悟を決めて召集を待ったが、逓信省に勤務しているためか、終戦までに赤紙は届かなかった。

　昭和二十年八月、日本はポツダム宣言を受諾して、連合国に無条件降伏した。

　幸代は夫を亡くしたあと実家にもどっていたが、二年におよぶ看病の疲れが出て痛ましいほどやつれていた。ようやく晴夫のまえで笑顔を見せたのは、終戦から三ヵ月余り経《た》ったころだった。大陸に出征していた兄が無事に帰ってきたのだ。

　孝夫は父の死を知ると、にわかに長男としての自覚にめざめたようだ。敗戦の混乱で元の仕事を失《な》くしていたが、引き揚げのときにできたつてをたよって、いち早く横須賀《よこすか》で港湾関係の職についた。家も横須賀港の近くに借り、母を呼び寄せて二人で暮らしはじめた。

晴夫も父の死後、母を東京に呼びたいとは思ったが、当時は激しい空襲のさなかで、実家にいるほうが安全だった。むしろ晴夫が母から草加への疎開を勧められたほどで、結局は遠くから身を案じることしかできなかった。

そういう意味ではいまは離れて暮らしていても安心していられるし、これからは二人で母に楽をさせてあげようと兄とも話している。

孝夫はふしぎな処世術を身につけているらしく、このまえ会ったときには舶来のネクタイとバターの缶詰をくれた。パンはないのかと訊くと、それぐらい自分でなんとかしろよと笑い、こないだ母さんを連れて黒澤明《くろさわあきら》の映画を観《み》てきたぞと自慢した。

映画は前評判のわりには退屈だったらしいけれど、幸代は劇場を出たとたん堰を切ったように京都や調布の撮影所のことをしゃべりだし、家に帰るとこんどは疲れて眠るまで泣きじゃくったという。

第二章　ザ・ハンズ――アーニー・パイル劇場の戦い

一

麻布区《あざぶく》飯倉町《いいぐらまち》（現港区麻布台《みなとくあざぶだい》）にある逓信省《ていしんしょう》本庁舎は地上四階、地下一階建ての重厚な建物で、敷地は六千七百余坪、延床面積は一万二千坪を超えている。

設計したのは大蔵省営繕管財局。建設当時に流行していたアール・デコ様式を取り入れたモダンなデザインだというけれど、正直、晴夫には専門的なことはよくわからない。むしろ建物全体が黄土色のタイルに覆われた姿は、素人目にはかなり武骨に見える。

だがそんな晴夫でも庁舎正面の眺めのよさはわかる。

屋上には両翼に簡潔な装飾を施した時計台。最上階は幾何学模様の列柱に囲まれ、三階、二階は一転して飾り気がない。そして、ひときわ目をひく大きな玄関庇《ひさし》と六本の逞《たくま》しい円柱。奥にはゆったりと中央階段が迫《せ》りあがり、波模様の角柱が玄関口を支えている。

風格をそなえつつ厳《いか》めしくなりすぎない。これがモダンというものか、と素人なりに得心させられる。

初登庁の日、晴夫はこの正面玄関を頰を火照《ほて》らせてくぐった。今日から、こんなに立派な職場で働くのだ。今日から、自分の力で生きていくのだ。嬉《うれ》しかった。誇らしかった。緊張ですこし膝が震えていた。

いまでも庁舎の正面に立つと、あの日の強い鼓動が胸によみがえることがある。歳月を経るとともに、鼓動は胸のより深い場所から響いてくるようだ。

土曜日の昼下がり、晴夫は同僚の辻谷賢一《つじたにけんいち》とならんでその中央階段を下りていた。

「半ドンの日に、こうも遅くなるとはな。うっかり居眠りして首を寝違えたぞ」

帰宅のひとの波が引いた道路を見おろしながら、賢一が首筋をさすった。

「すまんな、付き合わせて。どうしても切りのいいところまで今週中に片づけておきたかったんだ」

晴夫は片手で拝む仕草をしてわびた。それにしても、一時間半はさすがに待たせすぎたと思っている。

「まあいいさ、闇市はどこにも逃げやしない」と賢一は言って、眉をひそめた。「いや、今日にかぎればこの言い方はおかしいかな」

二人は外苑東《がいえんひがし》通りを左に折れて、桜田《さくらだ》通りを虎ノ門《とらのもん》のほうに歩いた。

終戦の前年、首都への空襲が本格化すると、国や都は市街地での火災の拡大を抑えるために、建物疎開と称して木造建築物を強制的に間引きはじめた。

古風に言えば、火除地《ひよけち》をこしらえたのだ。実際、火が燃え広がるのを防ぐために家を壊すというのは町火消の発想と大差ないが、それはともかく、重要な施設や工場、輸送拠点など周囲では延焼を防ぐためにとりわけ大規模な破壊がおこなわれた。

新橋《しんばし》駅の周辺もその対象となり、駅前は東西口ともに木造の家屋や店舗が撤去されて空地に姿を変えた。さらに昭和二十年三月の東京大空襲、五月の山の手空襲で近隣の家屋も焼きつくされ、あたりは焦げたコンクリートの建物が残るだけの焼け野原となった。

そして、八月。玉音放送が終戦を告げると、すぐさまその焼け野原で商売がはじまった。

最初は二、三人が地べたに売り物をひろげるだけだった。だが一ヵ月ほどのあいだに百人、二百人とひとが押し寄せて、筵《むしろ》敷きや簡単な売り棚の商売がはじまり、屋台や葭《よし》簀《ず》張《ば》り、小屋掛けの店が見るみる空地を埋めていった。

売り買いされる物資は担ぎ屋と呼ばれる連中が産地を往復して、一番列車から途切れることなく運びこんでくる。

新橋駅前は朝から闇商人と担ぎ屋と客でごった返す、都内でも屈指の闇市になった。

「さあ、そこで今日の立役者の出番だ」と賢一が言った。「愚連隊あがりで、この闇市を仕切ったのが、『カッパの松』と異名を取る、関東松田組《まつだぐみ》の親分松田義一《ぎいち》なわけさ」

「カッパ？」晴夫は耳を疑った。「似てたのか？」

「いや、まさか。松田組は配下二千人って話だ。たとえ瓜二つ《うりふた》でも、その大親分をカッパ呼ばわりはせんだろう。水練が達者と考えるのが、まあ穏当なところじゃないか」

「なるほど、泳ぎのほうな」

右手に小高く見える愛宕《あたご》神社を過ぎたあたりで右に折れ、二人はぶらぶらと新橋駅のほうに歩いていく。

荒れ果てた東京の街並みは、この一年余りでめざましい復興を見せている。もちろん左右に目を配ればまだあちこちに戦争の傷痕が残っているけれど、そこに悄然《しょうぜん》とたたずむ人影を見ることはめっきり少なくなった。

ひとも町もまだ立ち直ってはいない。だが膝を屈した姿勢から立ちあがったのはたしかだった。

「新橋は久しぶりか？」

「ああ、まえにおまえと来たきりだ」

「だろうと思った」と賢一は苦笑した。「闇市にも行かないで、おまえはよく飢え死にせずにいられるな」

「食事のことは、下宿のおかみさんにまかせてるから」

「よくそれで事足りるもんだと、おれはそう言ってるんだが。とにかく、このまえとはがらっと駅前の景色が変わったぞ」

「新生マーケットってやつか」

「おっと、知ってたか」

「名前だけな」

と晴夫は言った。賢一のような消息通でなくても、評判ぐらいは耳にしている。

「その新生マーケットの計画をぶちあげたのも、カッパの大親分だ」と賢一は言った。

「ひとが闇市にきて買い物をするのは、どうしてだかわかるか?」

「そりゃ、ここでしか欲しいものを売ってないからだろ」

「そうさ。けど田畑にも工場にも働き手がもどって、もとどおりに商品が出まわるようになれば、だれが高い金を払って闇物資を買う?」

「なるほど、それでいち早く見切りをつけたわけか」

「そういうことだ。で、自分のお膝元の闇市をぶっ壊して大型のマーケットをつくり、ゆくゆくはそれも壊してデパートをぶっ建てるつもりでいたというから、たいした気《き》っ風《ぷ》と先見の明じゃないか」

「けど、その親分は殺されたんだよな?」

「ああ、駅前を更地にもどして、順調に工事が進みはじめたやさきだ。破門した弟分に撃ち殺されちまった。ところが、残された女房がこれまたたいした女傑で、旦那の跡を継いでみごとに配下をまとめあげ、マーケットを完成にまでこぎつけたんだ」

　松田組の女親分の話は新聞でも取りあげられていたから、晴夫も知っている。マーケットの建設を妨害する勢力と血で血を洗う抗争を繰りひろげ、トラック十台での襲撃を受けたさいには爆撃機用の機関銃を持ち出して撃退したという。

「ほら、見えてきたぞ」

　と賢一が指さした。

「へえ、あれか……」

　派手なデザインのネオンサインの広告塔が、晴夫の目に飛びこんできた。夜ともなれば、さぞやけばけばしく客を誘うことだろう。その広告塔を屋上に戴《いただ》く木造二階建ての長屋式の建物が、目当ての新生マーケットにちがいない。

　場所は駅前広場の北寄りの、葭簀張りの長い列が幾筋もならんでいたあたりのようだ。葭簀のなかはどれも梯子《はしご》状にきちんと区分けされていて、晴夫たちはこのまえそこの一軒で腹ごしらえしたあと、文房具やら下着やらを見てまわったのだ。

　だがいまそうした葭簀張りや周辺にひしめていた露天商、屋台、掘っ立て小屋のたぐいはすべて姿を消している。

「どうだ、見違えたろう」と賢一が言った。「マーケットは敷地が二千六百坪、建坪が二千というから、延床は四千坪。そこに三百軒近い店が整然とならんでる。これが闇市かと目を疑うぞ」

「三百軒か」と晴夫は幾棟も連なる屋根を眺めた。「それならマーケットに入れなかった商売人も大勢いたろうな」

「まあ、あれだけでかい闇市だったからな。入れたのは、せいぜい二、三割といったところらしい。そのことが引き金になって松田親分は殺されたって噂《うわさ》もあるが、真相は藪《やぶ》のなかだ」

「先見の明があるせいで、置き去りにされる者の恨みをかったわけか」

「切った張ったでのしあがってきて、そこから抜け出す一歩手前でつまずくんだから、ままならんもんさ」と賢一が妙に思い入れをこめて言った。「とはいえ、世の中ってのは思いどおりにはいかないもんだし、それを忘れて都合のいい話だけ信じてちゃいけないと、おれたちは身をもって学んだばかりだ」

晴夫はあらためてマーケットの広告塔に目をむけた。

「闇市が様変わりしたのはよくわかったけど、食べるものはまえとおなじなんてことはないよな」

「おなじ？」

「ほら、れいの名物さ。あれなら、もう勘弁だぞ」

「ああ、残飯シチューか」と賢一がうなずいた。「一杯十円で栄養満点の満腹だ。あれもなかなか悪くないもんだろ」

残飯シチューとは、文字どおり進駐軍の残飯を集めて大鍋やドラム缶でどろどろになるまで煮たものだ。だれが考えついたのかは知れないが、栄養シチューとかホルモンシチューとかドンドン煮とか、てきとうに名前をつけて、東京の闇市ならどこでも売っている。

味つけや具材は、そんな事情だから、これと決まったものがあるわけではない。それでも闇市の名物になっているのは、賢一の言うように栄養と食べごたえがあるからで、庶民の食卓にはめったにあがらない肉類や西洋野菜がふんだんに入っているのは疑いなかった。

ただし残飯の中身は食べ物だけとはかぎらず、ガムやタバコの吸い殻などはまだいいほうで、コップの欠片《かけら》や缶詰の蓋、ゴキブリやネズミの死骸、果ては使用済みのコンドームが入っていたという話もある。

「いや、おれはダメだ」と晴夫は首を振った。「贅沢《ぜいたく》を言うつもりはないが、あの臭いがどうしても受けつけん。あれから似たような臭いを嗅ぐだけで、喉の奥に苦いものがこみあげてくる」

「そこを我慢して食べるのがいいのさ。あれこそ負け犬にうってつけの喰《く》い物《もの》だぞ」

「おっと、用事を思い出した」

晴夫は言いながら、くるりと踵《きびす》を返した。

「待て、待て」賢一が慌てて手を振った。「冗談だ。今日はおかしなものを喰わせたりせん。冷えたビールが飲める店を見つけたから、おまえを誘ったんだ」

＊

新生マーケットはざっと見てまわったところ、駅側に間口の大きな店、道路側に中小の店が割り振られていた。どの店も看板にネオンを使う気合の入れようで、食料品をはじめ衣類や食器、金物、薬品、書籍など暮らしの必需品から、いささか眉唾な骨董品《こっとうひん》や美術品まで、ありとあらゆるものが売られている。

もちろん飲食店もラーメン屋に寿司《すし》屋、汁粉屋に洋食屋と選《よ》り取《ど》りみどりで、くだんのシチューの臭いを漂わせる自称フランス料理屋もあったが、二人が入ったのは炭火と醬油《しょうゆ》ダレの香りが鼻をくすぐるヤキトリ屋だった。

場所は道路側の裏筋にあり、五坪ほどの広さの店はぎっちりと客で埋まっていた。待たされるものと覚悟したけれど、さいわいすぐに二人連れの客が帰っていき、晴夫たちは入れかわりに奥のテーブルについた。

「意外だろ。けど、ここで本物のビールが飲めるのさ」

賢一が小声で言った。だがまわりを見てもヤキトリを片手に湯呑《ゆのみ》を呷《あお》る客ばかりだ。それがカストリと呼ばれる密造の焼酎だということぐらいは、晴夫にも察しがつく。

賢一がさらに声をひそめて言った。

「焼酎は一杯四十円だが、ビールは一本百二十円だ。おいそれとは注文できんさ」

「百二十円！」

晴夫は思わず目を剝《む》いた。高いだろうとは思っていたが、予想に倍する値段だった。これでは四、五本飲むだけで、月給が丸ごと消えてしまう。

「まあ、いいじゃないか。おまえはさっき贅沢がどうとか言ってたけど、できる贅沢はおおいにすべきだぞ。でないと、ほんとに戦争が終わったのか、あやふやな気分になってくる」

白髪まじりの店員が注文を取りにきて、賢一が壁に貼られた品書きを見ながら、ヤキトリを二皿と煮込み、酢の物、それから品書きにないビールを一本頼んだ。ちなみに焼酎の焼の字も品書きにはないが、放っておいても息をすれば強いアルコール臭に気がつく仕掛けになっている。

店の外ではもう新たな客が三、四人待っていた。ヤキトリだけ買いにきたのか、皿を持った子供の姿も見える。

マーケットは活気と喧騒《けんそう》に満たされ、ただでさえむっとする店内に通路から熱い空気が流れこむ。客はみな汗ばんだ顔をして、黙々とヤキトリを噛《か》み、黙々と焼酎を飲んでいる。と思うと、さっと席を立ち、つぎの客が素早く入ってくる。

ビールと肴《さかな》が運ばれてきて、賢一がその場で勘定をすました。現金と引き換えなのは喰い逃げを防ぐためと、警察が踏み込んできたとき代金を取り損ねないようにするためだろう。

ヤキトリは一皿三本で十円、小鉢も一品十円、ビールが百二十円だから、割り勘するとひとりあたま八十円になる。

「これ、酔うまえに渡しとくよ」

と晴夫はなかば押しつけるように払いをすまして、賢一のコップにビールを注《つ》いだ。

「酔うほど飲んだら、破産しちまうけどな」と賢一が苦笑しながら、ビールを注ぎ返し、

「あとでいいと言っても、どうせ聞かんのだろ。おまえはほんと、妙に頑固なところがあるよな」

カチッとコップを合わせて、二人は乾杯した。

ひと口でわかる。たしかに本物のビールだった。何ヵ月ぶりだろう。この泡。この苦味。冷たいビールが喉をひりひりと流れていく。

「ふうっ……」

二人は同時に息をつき、満足げに目を見かわした。

ヤキトリを齧《かじ》り、ふたたびコップをつかむ。値が張るからと、ちびちび舐《な》めていたら、せっかくのビールがだいなしだ。ここはどうなろうと思い切りよく飲むしかない。ふた口めをぐいっといく。おっ？　びっくりだ。こんなにおいしいふた口めは、それこそ生まれてはじめてだった。

父さんと飲みたかったな、と晴夫はコップを見つめた。

父の相手ができるようになったら、冷たいビールで乾杯したいという、子供のころの願いはかなわなかった。こんなことなら麦茶を飲みながらでいいから、もっといろんな話を聞いておけばよかった。映画のことも、照明のことも、ほかにもいっぱい聞きたい話があったのだ。賢一の言い草ではないけれど、乾杯もできるときにしておくべきだ。でないと、つぎはだれとの機会を逃してしまうかわからない。

ヤキトリをもうひと齧りする。鶏肉ではなく豚のホルモンを串に刺して焼いたものだが、そんなことはどっちでもかまわない。むしゃむしゃと嚙んで吞《の》みくだし、ビールをいっきに飲み干した。

賢一もコップの底を天井にむけ、喉仏を大きく上下させている。

空いたコップに残りのビールを均等に注ぐと、すぐに店員がきて空き瓶を片づけた。二人はちょっとさみしげに店員の背中を見送った。

ビール瓶はラベルに「業務用　麦酒」の文字と会社名だけが書かれていた。まるで横流しの粗製品のような見た目だけれど、それがいま正式に使われている各社の商標を省いた統一ラベルなのだ。

ビールの配給が減りはじめたのも、こうした国の統制が厳しくなりだしたころからだった。当初は一世帯当たり月二本あったのが、いつのまにか三ヵ月で四本になり、いまは一人当たり年一本半にも満たない。

「知ってるか」と賢一がまた声をひそめた。「ビール工場はどこの会社もほとんど空襲に遭わずにすんだんだ。当然ながら終戦後はすぐに生産を再開したけど、一年経《た》ってもおれたちのところには出まわらず、こうして法外な金を払って闇で飲むしかない。どうしてだと思う？」

「そりゃ、原料が足りないんだろ」と晴夫は言った。「ビールを造るまえに、まず大麦を育てなきゃ」

「それもある。けど、それだけじゃない」と賢一がテーブルに身を乗り出した。「いま生産されてるビールの三分の一は、進駐軍がかっさらっていくんだ。で、残りのビールを全国津々浦々の日本人でわけるんだから、配給が雀《すずめ》の涙になるのも道理ってわけさ」

「なるほど、進駐軍か」晴夫はため息をついた。「連中はきっと浴びるように飲んでるんだろうな」

「ちぇっ、それを考えると切なくなる」

賢一が舌打ちして、コップ一杯きりのビールを見おろした。

「すまん、余計なことを言った」

晴夫は小鉢を手に取り、目が飛び出るほど酸っぱいキュウリを食べた。

「けどまあ、そのとおりなんだろ」と賢一が言った。「連中はさんざん浴びるように飲んで、余ったビールをこのての店に横流しするんだ」

「けど、ここのビールは正規の業務用だったぞ」

「あれはラベルだけさ」

「ラベル？」

「そうさ。このまえきたとき、たまたま見かけたんだが、さっきの白髪の店員が厨房《ちゅうぼう》の陰でラベルを貼り替えてた。もとのラベルには英語でBEERと書いてあったから、あれは進駐軍専用のビールだな」

たまたま見かけたのではなく、ビールの出所が気になって、あっちこっちに目を光らせていたにちがいない。

晴夫がそんなことを考えていると、賢一が眉をひそめた。

「おい、なにニヤついてるんだ。思い出し笑いは、助平《すけべ》ったらしいぞ」

「いやあ、おまえの消息通は筋金入りだと思ってな」

「こいつ、あきれてるな」

「そんなことより、おれたちは一本百二十円の高級ビールを飲んでるんだ。進駐軍なんて目じゃないぞ」

「おっと、そのとおりだ。連中より景気よく飲まなきゃ」

二人はコップをつかんで、あらためて乾杯した。いっきにビールを飲み干すと、残ったヤキトリと小鉢物を頬張り、さっと席を立った。

「さて、もう一軒行くか」

通路に出ると、賢一が揉《も》み手《で》をしたが、晴夫は首をひねった。

「うーん、おれはやめとこうかな」

「どうした、懐具合がさみしいのか」

「それもあるけど、せっかく本物のビールを飲んだあとに、カストリ焼酎ってのもな」

「なるほど、その気持ちはわからんでもないが、おれはちょいと飲み足らん。悪いけど、勝手に行かせてもらうぞ」

「いや、こっちこそ愛想がなくてすまん」

「なにをいまさら。おたがい愛想がよくて付き合いだしたわけでもあるまい」

「そりゃ、そうだろうけど」

「で、おまえはどうする、もう帰るのか？」

「うん、ここまできたから芝の塾に寄ってこうかな。これぐらいなら酒の臭いもしないだろうし」と晴夫は酔いをたしかめるように頬をさすり、「いや、それより有志連のようすを覗きに行くか。振替貯金課の連中に、時間があれば稽古を見にきてくれと頼まれてるんだ」

「おいおい、いまから飯倉にもどるのか」と賢一が目を丸くした。「これぞ竹崎晴夫の面目躍如たるものだな」

「こいつ、あきれてるな」

「感心してるのさ。さすがにおれは付き合いかねるが」

「今日はありがとうな。おかげで、久しぶりにうまいビールが飲めた」

「おう、また誘うよ」

賢一が笑顔でうなずき、晴夫は手を振って別れた。

二人は逓信省貯金局に同期で入り、晴夫は経理課、賢一は為替課に配属された。以来、かれこれ八年の付き合いになるが、とくにはじめから親しかったわけではない。たがいを意識するようになったのは、ともに局内でソロバンの腕を注目されだしてからだ。

二人はそれぞれ別の珠算塾で腕を磨いていたが、ふしぎと上達の時期が重なった。一方がぐんと腕をあげれば、もう一方も飛躍を見せる。一人が伸び悩めば、もう一人も足踏みし、かと思えば、二人同時にいっきに新たなレベルに駆けあがる。

貯金局では明治時代からソロバンの競技会が催されているが、気がつけば二人は二度、三度と優勝を争うようになっていた。

まさに好敵手なわけだが、これまたふしぎと二人は相手に敵意を抱いたことがなかった。むしろたがいに敬意を抱いていて、言葉にこそ出さないけれど、自分のここまでの上達もこれからの進歩も相手がいてこそだと感じていた。二人にとって競技はあくまで腕を磨くための手段であり、それ自体が目的ではなかったのだ。

いまはまあ親友と言っていいだろう。

庶務課から依頼を受けて、二人で局員のソロバンの指導もしている。

貯金局では局員の珠算の技倆《ぎりょう》を七級から特別一級までにわけ、等級に応じて手当を支給していた。晴夫たちは特別一級で、手当も最高。月給の手取りが二割ぐらい増えるのだから、けっこうな高手当といえた。

局員たちもしぜんと珠算の技術向上に熱心になり、各課ごとに無級者一掃運動も行われていた。反対にソロバンの腕が未熟な者は肩身が狭く、いつまでも七級に届かなかったりすると、居づらくなって局を辞めてしまうことさえあった。

また勤務終了後に有志で集まって稽古をする局員たちもいて、二人も頼まれて月に何度か指導に行く。今日は賢一に誘われていたから断ったのだが、ひとごみの熱気やざわめきに包まれているあいだに、ソロバンを弾《はじ》く乾いた音色が恋しくなったようだ。

晴夫は立ちどまり、マーケットを見返した。西口駅前の景色は戦前とも戦中とも戦後のこの一年とも異なり、どこか知らない駅にきたかと思わせる。

この景色はどれだけつづくのだろう。そして、いつどんなふうに変わるのだろう。そのときにはまたどこかの国と戦争を起こしているのだろうか。

いっとき物思いにふけり、晴夫はにが笑いして歩きだした。やっぱりちょっと酔っているのかもしれない。

二

サツマイモをたっぷりと炊き込んだ麦飯を食べ終えると、晴夫は弁当箱の蓋に入れた番茶を飲んで、ごちそうさまと手を合わせた。

同僚には湯茶を飲むために自前の湯吞を持参している者も少なくないが、晴夫は昼食のときには弁当箱の蓋を使い、それ以外は基本的に飲み物を口にしない。どうしても喉が渇いたときには、給湯室で来客用の湯吞を借りて、その場で白湯か番茶を飲んで、すぐに洗ってもとにもどす。

そんな姿を見て女子局員たちが、晴夫のことを変わり者と噂しているらしい。

だれにも迷惑はかけてないつもりだけど、うまくいかないものだな、と晴夫は思う。

とはいえ、変人ではありませんと女子局員に直訴するわけにもいかないし、この習慣を変える予定もいまのところはない。たしかに傍目《はため》はなにかと大事だけれど、ほかにも大事なことはたくさんある。

　弁当箱の蓋をして、使い古しのハンカチで包んでいると、

「竹崎君、ちょっと」

　工藤《くどう》課長が小声を残して、すっと背後を通りすぎた。

「はい」

　晴夫は反射的に立ちあがった。はずみで事務椅子が半回転する。振りむくと、課長はもう机の列のあいだを抜けて、部屋を出ていこうとしている。包みかけの弁当箱をちらと見返し、椅子のむきをもどして、足早に上司を追った。

　廊下に出ると、工藤課長はドアから少し離れたところで足をとめて待っていた。晴夫に軽くうなずき、黙ってまた歩きはじめる。課長の無口は貯金局内でも五指に入るといわれている。晴夫も黙ってついていくしかない。

　飯倉本庁舎は昭和初期に貯金局の庁舎として建てられ、さきの大戦中に本省が移ってきた。当時、逓信省は関東大震災で本庁舎を失い、大手町《おおてまち》の木造仮庁舎に本省を置いていた。むろん新庁舎を建設する計画はあったが、世界恐慌から日中戦争、太平洋戦争へといたる国情のもとで実現せず、戦火に備えて鉄筋コンクリート造の建物に移転を決めたのだ。

結果として、この決断は正しかった。度重なる空襲で麻布区が焼かれるなか、本庁舎はこうして無事に生き延びた。

工藤課長はその堅牢《けんろう》な建物の長い廊下を行き先も言わずに歩いていく。階段を二度下りて、また長い廊下を歩く。

飯倉本庁舎は真上から見ると、中庭を囲んで「円」の字に似た格好をしている。経理課の事務室がある三階右奥の区画を離れて、晴夫がふだんは立ち入らない一階の中庭に面するあたりまできた。

やがて足をとめたのは、部署名でなく役職名の表札を掲げたドアのまえだった。

課長が呼びかけると、奥から低い声が返ってきた。なにを言っているのか晴夫はまったく聞き取れなかったが、課長は迷わずドアノブに手を伸ばした。

「工藤です」

「失礼します」

課長につづいて、晴夫は部屋に足を入れた。と同時に、ぬかるみにでもはまったように顔をしかめた。床にじゅうたんが敷かれていたのだ。

貯金局長の部屋にも赤いじゅうたんが敷かれていて、晴夫もこれまで何度か踏んだことはあるが、この感触がどうも苦手だった。なぜだろう。自分に不釣合なのはたしかだけれど、それだけが理由ではないような気もする。

ともあれ、晴夫のおかしな表情はだれにも見られずにすんだ。ドアを開いたすぐまえに、目隠しの衝立《ついたて》が据えられていたからだ。

工藤課長は平然と奥に進んでいく。重役室に入り慣れているようにも、遠慮がないだけのようにも見える。晴夫も衝立をまわりこみ、にわかに顔を引き締めた。どっしりとした執務机のむこうに、窓を背にして小柄な人物が座っていた。

重村《しげむら》逓信書記官だった。郵務局の生え抜きで、畑違いの晴夫とは無縁な人物だが、やり手だと評判を聞いたことがある。たしか戦中には大陸に赴任して関東州（現在の中国大連《だいれん》市の一部）の逓信局長を務めたはずだ。

「連れてまいりました」

工藤課長が言って、一歩わきに退《ひ》いた。重村書記官はうなずくでもなく、うむと口髭《くちひげ》をうごめかせた。革張りの椅子の大きな背もたれに身体《からだ》をあずけたまま、なにも言わずに晴夫を見据える。

「…………」

名乗るべきなのか、課長に紹介されるのを待つべきなのか、晴夫は判断がつかない。そっと横目を流すと、工藤課長はもはや他人事《ひとごと》のようにそっぽをむいている。

重村書記官は険しい目つきのまま、いっこうに口を開くようすがない。そうでなくても緊張する場所なのに、なおさら居心地が悪くなる。これだからじゅうたん敷きの部屋は入りたくないのだ。

とはいえ、胸裡《きょうり》でこぼしていてもはじまらない。とにもかくにも一礼した。

「貯金局経理課、竹崎晴夫であります」

「ああ、竹崎君だな」

重村書記官がようやくしゃべった。体格に似つかない野太いだみ声をしている。

「いくつだね」

「二十三歳であります」

「きみはなんだな、貯金局一、いや、逓信省一のソロバンの達人だそうだ」

「いえ、わたしは」

と晴夫は言いかけたが、書記官がぞんざいに手を振った。

「謙遜はいい。工藤君から、そう聞いている」

そのまま口髭に手をやり、指先で撫《な》でつける仕草をしながら、またじろじろと露骨な視線を浴びせる。

なにか品定めされているのはわかる。よし、それなら見たいだけ見てくれ、と開きなおれたら楽なのだろうけれど、あいにくとそんな性分ではない。早く終わってくれと念じながら、晴夫は直立不動で待った。

一分、それとも二分は経ったか。重村書記官がふっと息をついて、背もたれから身体を起こした。

「さて、きみに頼みがある」

「はい」

「米兵と戦ってほしい」

「えっ？」

「なにも銃剣を構えて突撃しろとは言わん」と重村書記官は口髭を曲げた。「ソロバンで対決してもらいたいのだ。敵の新型兵器と、な」

＊

対決？　新型兵器？　いや、そもそも米兵を敵呼ばわり？

晴夫の顔に浮かぶ困惑を、重村書記官はいくぶん楽しんでいるようにも見えた。だがすぐにむっつりとした表情にもどり、事務的に言った。

「工藤君、経緯を話してやりたまえ」

工藤課長が細く尖《とが》った鼻筋をこちらにむけた。ごく手短に状況を説明した。

米太平洋陸軍総司令部（マッカーサー司令部）から外務省終戦連絡事務局を通じて逓信省に申し入れがあった。アメリカの電気計算機と日本のソロバンの試合を行いたいという。時期は十一月。試合は公開で行い、一対一の対戦形式とする。

「その選手にきみが選ばれた」

有無を言わせず断定して、工藤課長は書記官のほうに顔をもどした。どうやら課長が人選をまかされ、いまここで書記官が裁可を下したらしい。

「どうだ、勝てるか」

と重村書記官が眉根を寄せた。

「それは……」

晴夫は驚きで、うまく声が出ない。勝ち負け以前の問題として、そんな試合をして意味があるとは思えないし、自分が米兵と戦う理由もわからない。これはなにか悪い冗談のたぐいではないのか。

「相手は最新式の、えっと、なにだ」

書記官が言葉につかえると、課長の薄い唇が動いた。

「モンロー計算機」

「そう、モンロー計算機。電気で動かす方式で、これまでの手動のものより、各段に性能がいいらしい」

「……」

「どうだ、勝てそうか。謙遜はいらんぞ。正直なところを言いたまえ」

晴夫は唇を噛んだ。やはり冗談ではないのだ。なにか返答しないわけにはいかないが、課長の説明だけではどんな対戦内容になるかさえわからず、まして勝敗など予想できるはずがない。

書記官はまばたきもせずにこちらを見ている。晴夫は慎重に言った。

「試合の条件や計算機の性能がわかりませんので、たしかなことは申し上げかねますが、一般的には加算減算はソロバンが、乗算除算は計算機が有利かと思われます」

「ふむ、足し引きはソロバン、掛ける割るは計算機か」

重村書記官は腕組みして、上目遣いに顎を引いた。

「では、引き分けだな」

と問うように言ったが、こたえを聞きたいわけではないようだった。壁と天井の境あたりに視線を泳がせながら、引き分けか、引き分けな、と口中で呟《つぶや》いた。晴夫に目をもどすと、腕組みをといて小さく手招きした。

晴夫は一歩前に出た。もっさりとした感触が足裏から膝のあたりまで這《は》いあがる。

「負けるのはかまわん」と重村書記官は言った。「引き分けも望ましくはないが、成り行きでそうなるなら、まあいたしかたあるまい。しかし、勝つことはならん。いいな、間違っても勝つなよ」

そう念を押すと、自分の言葉に気が差したように口髭をひくつかせた。

晴夫も顔が強張《こわば》った。それならなぜ試合をするのか、よけいに意味がわからなくなっている。自分が選手になる理由もわからない。どうせ負けるつもりなら初心者を出してもおなじではないか。課長はどんな顔色をしているのだろう。たしかめたいけれど、書記官の凝視の圧力が強すぎて横目を流すこともできない。

「きゃつらは日本人と日本の文化を見下しておるのだ」と重村書記官が言った。「この試合もきゃつらからすれば、文明人と野蛮人の戦いという趣向のつもりだ。じつに不愉快きわまる。できることなら、あの天狗《てんぐ》まがいの高い鼻をへし折ってやりたいが、いまはまだその時期ではない。終戦から一年このかた、われらはみな占領軍の足下で耐え難きを耐え忍び難きを忍んで、ここまで復興の歩みを積み重ねてきた。いまきゃつらの機嫌を損ねて、この道程《みちのり》を頓挫させるわけにはいかんのだ」

「…………」

「どうした、不服か」

「いいえ、そのようなことは」

「べつにぼろ負けしろとは言わん。むしろ日本人の意地と力を見せつけてやれ。うむ、そうだ、きゃつらにさんざっぱら冷や汗をかかせて、最後の最後、ぎりぎりのところで花を持たせてやればいい。どうだ、これこそ逓信省一の達人の腕の見せどころだぞ」

重村書記官が話しているあいだ、工藤課長はほとんどそこにいる気配さえなかった。

まるで川辺の散歩客がふと足をとめて、釣り人の背中でも眺めているようだ。そして話が節目にくると、「では、これで」と課長は頭をさげて面談を終わらせてしまった。

部下からは陰口なかばに能面とあだ名されるひとだが、まさか重役のまえでもこんなに素っ気ない態度を取るとは思わなかった。これで局長や書記官から信頼されているらしいのだから、たいしたものと言うほかないだろう。

廊下に出て、晴夫はやっと固い床を踏んだ。おかげでいくらか落ち着きはしたが、重苦しい気分に変わりはなかった。背負わされた荷物とはちがう、なにか得体の知れないかたまりが、ずうんと腹の底に沈んでいる。

工藤課長はまた長い廊下を黙然と歩いていく。

重村書記官から詳細はあらためて課長に聞くようにと指示されたし、晴夫自身も質問したいことが山のようにあるけれど、たぶんいま話しかけてもひと睨《にら》みされておしまいだろう。課長の背中は断固として会話を拒否している。

晴夫は口を引き結んで歩いた。

昼休みはたぶん、もう終わっていた。

たぶんと思ったのは、廊下がひどく静かなせいだ。貯金局の廊下なら昼休みが終わったとたん、あちこちからソロバンの音が響いてくるが、ならびの執務室や事務室からは物音が聞こえず、すれ違うひともはるかに少ない。

立ち話をするひとがいたが、びっくりするほどの小声で囁《ささや》き合っている。

晴夫は自分の靴音が気まずくてしかたなかった。

廊下を折れて階段までくると、工藤課長がふいに足をとめた。冷たくなめらかな黒御《くろみ》影石《かげいし》の手摺《てすり》に手を添えて、ひたひたと叩《たた》いた。

「重村さんはああ言ったが、勝てよ」

まえを見たまま言いおいて、返事を待たずに階段を上りだした。

晴夫はしばらく階下に立ちつくした。なにがどうなっているのか、とうてい理解が追いつかない。ただ厄介事に巻き込まれたのだけは、はっきりとわかった。

三

終業の鐘が聞こえると、晴夫は机のうえのソロバンと伝票を片づけて席を立った。廊下に出て退勤の波に呑まれ、押し流されるように一階まで下りる。うつむいて中央階段をくだり、途中で足を踏みはずしかけた。足元ばかり見ているようで、なにも見えていない。ぼんやりと円柱の手前まできたとき、うるさく呼ぶ声がした。

「おーい、晴夫、待てよ！」

振り返ると、賢一が突きあげた手をぐるぐるまわしながら人波を縫ってくる。

「おまえが定時に帰宅とは、めずらしいこともあるもんだ。誘いに行ったら、席がもぬけのからで、訊《き》けば、もう帰ったというじゃないか。おったまげたぞ」

追いつくと、賢一は声高に捲《まく》したてた。

「おまえ、大声でなにを言ってるんだ」

晴夫は睨みつけたが、賢一は笑っている。

「だから、それぐらい驚いたってことさ。おまえだって、おれが三日連続で残業したらたまげるだろ」

二人は肩をならべて円柱のあいだを抜けた。このエジプトの神殿のような柱には縦に幾筋か繰形《くりかた》の装飾が施されていて、卵型や半月型の模様とよくいわれるが、賢一は厚切りのかまぼこだと決めつけている。

玄関庇の陰から出ると、賢一が宵空を見あげて首をかしげた。

「おかしいな、雪が降ってるはずなのに」

「おい、しつこいぞ」晴夫はさすがに声を尖らせた。「なんの用だ。わざわざからかいに追いかけてきたのか」

「言ったじゃないか、誘いにきたんだよ」

「誘いに？　ああ、今日は集計課の稽古だったかな……」

「おい、しっかりしろよ」と賢一が顔を覗き込んでくる。「集計課の有志連なら、来週だぞ。ほんとに、今日はどうかしてるな」

「じゃあ、なんだ。飲みに誘うつもりなら、悪いがこんどにしてくれ。このまえ散財したばかりで、今月は余裕がないんだ」

「わからんやつだな、作戦会議だよ。まあ、飲みながら話すのは悪くない考えだが」

「作戦会議？」

　外苑東通りを歩きはじめたところで、晴夫は足をとめた。賢一の顔を見返した。

「もしや、それはソロバンと計算機の試合のことを言ってるのか」

「むろんさ。ほかになにがある？」

「おい、どうしておまえが、そのことを知ってるんだ」

　重村書記官に選手を命じられてから三日、工藤課長はまだこの件を課員に伝えておらず、晴夫もだれにも話していない。話すどころか、できれば忘れてしまいたかった。いくら消息通とはいえ、どうして賢一の耳に入ったのか。

「どうもこうもないだろ。そりゃあ」と言いかけて、賢一は眉をひそめた。「待てよ、おまえ、聞いてないのか」

「なにを？」

「おれも選手だぜ、その試合の」

「えっ？」

「もっとも、こっちは補欠だけどな」

と賢一は顔をしかめて見せた。

「すまんが、うまく話が呑み込めん。いちから聞かしてくれ」

晴夫は人通りを避けて道の端に寄った。

「いちからか」賢一はちょっと考えてうなずいた。「うん、それなら、ついさっき終業間際に課長に呼ばれて、すこしばかり面倒な頼みがあると言われたんだ」

案の定というべきか、賢一は為替課長から晴夫よりははるかに詳しい説明を受けたうえで、控え選手の役目を託されていた。選手の候補は賢一と晴夫の二人の名前が挙がっていて、正選手は年齢の順で決まったのだという。たしかに二人は同期だが、細かいことを言えば生まれ月は晴夫のほうが三月《みつき》ほど早い。

「補欠ってのはパッとせんが、断る理由もないしな。逆の立場なら、おまえだって引き受けるだろう」

「そりゃ、もちろん……」

「まあそんなわけで、当日はおれもソロバン持参で試合会場に行くわけさ。銃後はどんとまかせとけってやつだ」

「おまえが一緒なら心強いかぎりだけど」と晴夫は言った。「ひょっとして、会場がどこかも聞いてるのか」

「それはまだ正式には決まってないらしい。けど、米軍さんがやるなら、たいてい東宝《とうほう》劇場だろうな」

日比谷の東京宝塚《たからづか》劇場はいま連合国軍最高司令官総司令部（ＧＨＱ）に接収されて、「アーニー・パイル劇場」と名前を変え、駐留米兵の娯楽の用に供されている。

「まさか」と晴夫はかぶりを振った。「いや、たしかに公開試合になるとは聞いてるけど、戦うのはソロバンと計算機の選手の二人きりだぞ。せいぜい会議室ぐらいの広さがあれば十分じゃないか」

「おいおい、それも聞かされてないのか。工藤課長の無口にも困ったもんだな」と賢一が同情する口調になった。「これはボクシングの試合みたいに観客を集めてやるんだ。いまあの劇場は日本人が入れないから、客席は外人ばかりだろうけどな」

「………」

晴夫は立ちくらみする思いだった。東京宝塚劇場なら座席は三千近いだろう。そんな大勢のまえで試合をすることになるとは思ってもみなかった。

そうと知っていれば断れたかどうかはともかく、知らせずに引き受けさせるのは、やはりだまし討ちみたいなものだ。工藤課長の無口は困ったものどころではない。あれから詳細はおろかひと言の説明もなく、晴夫がたまりかねて質問しても、しばらく待てと言ったきり、話ができる距離まで近づいてさえこないのだ。

ないさ」

「まあ外人ばかりといっても、近頃はめずらしくもない。いやでも見慣れちまったろ」と賢一が言った。「鬼ヶ島に行くわけじゃないんだから、そんなにおっかながることはないさ」

「いいや、どっちか選べるなら、おれは鬼ヶ島に行くよ」

「おっと、噂をすればだ」

と賢一が目配せした。晴夫は視線をたどって、それとなく振りむいた。

道路のむこうにソヴィエト連邦大使館が見える。いまは国交断絶のために閉鎖されているが、この建物があるおかげで飯倉本庁舎は空襲の直撃を避けられたともいわれている。その黒くそびえる建物の影を背にして、長身の男が近づいてくる。足の長さもそうだが、道路を渡る歩きぶりからも外国人だとわかる。

二人の視線に気づいているのかどうか、すぐわきをさっと通り過ぎていった。

「見ろよ、トレンチコートの襟なんか立てて、あれはきっとハンフリー・ボガートを気取ってるんだぜ」

賢一が言うのは、この夏に一緒に観《み》た『カサブランカ』という映画の主演男優のことだ。ダンディという言葉がぴったりな苦み走ったいい男で、こんなことを言っている賢一もつぎの日は蒸し暑い梅雨の晴れ間にもかかわらず、レインコートの襟を立てて出勤してきたのだ。

　だが賢一がお気に召したのは、主演男優にもましてヒロインの女優のほうだった。晴夫がそう思い返していると、賢一が肩を寄せてきて囁いた。

「どうせなら、ボガートより、バーグマンみたいな女が通ればいいのにな。そうすりゃ、飲みに誘って、彼女の瞳に乾杯するのに」

「ハローとグッバイしか言えなくて、どうやって誘うんだ」

「おいおい、おれの英会話力をなめてもらっちゃ困るな。いったい何本洋画を見て勉強したと思ってるんだ」

　賢一が足どり軽く歩きだし、晴夫は追いかけて肩をならべた。

「おまえの洋画好きはよく知ってるけど、映画を見ただけで英語がしゃべれるようになるもんかな」

「近ごろは字幕がじゃまに見えるぐらいさ」

　賢一は自分で言って、はっはっと自分で笑った。

「とまあ、冗談はさておき、作戦会議はどこでやる」

「それなんだが、今日は勘弁してくれないか」

「どうした、いやに元気がないな。おまえのことだから試合にむけてさっそくネジを巻きにかかってると思ったんだが」

「うん、そうじゃなきゃいけないんだろうけど、ちょっとな」

「おまえは重村書記官に会ったんだろ。どんなひとだった？」

「どんなと言われても困るけど」晴夫は首をひねった。「おれはどうも、じゅうたん敷きの部屋が苦手だ。おかげでよけいに息が詰まったよ」

「じゅうたん？　たしかにあれは重役をくつろがせるより、平局員をびびらせるために敷いてるからな」

「そう言えば、なんだか踏んじゃダメな気がするな。びびるってより、なにか理由があって苦手なのかもしれん」

「とにかく、じゅうたん敷きの部屋で書記官から大役を拝命とは、正選手と補欠じゃ、ずいぶんあつかいが違うもんだ。おれなんか、課長と廊下でちょちょっと立ち話しておしまいだぜ」

賢一が気楽にぼやいたとき、うしろから慌ただしく足音が響いてきた。

「おお、竹崎、まだいたか」

経理課の先輩だった。ぶつかりそうな勢いで駆けつけると、

「よかった、探しにきたんだ。辻谷君も一緒なら、なお助かる。悪いが、二人ともいったん庁舎にもどってくれ」

「なにごとですか。なにか問題が起きましたか」

晴夫は顔色を変えた。

「いや、いや、そうじゃない」

先輩はまだ息を切らせている。

「米軍の『スター』なんたら。ほら、あれ、星条旗新聞だ。その記者が、きみたち二人を取材にきたんだ」

星条旗新聞こと『スターズ・アンド・ストライプス』は米軍の機関紙だ。

「取材にきた？」

晴夫はおうむ返しに言った。この十分ほどのあいだに何度、耳を疑えばすむのだろう。

「そうだ、取材だ。聞いたぞ、きみたちはソロバンで、米国製の計算機と、試合するそうじゃないか」

「ただし、ぼくは補欠ですが」

と賢一が口を挟む。

「補欠？　いや、なんでもいい。とにかく、早くもどってくれ」

先輩は言いおいて、いち早く駆けだした。

二人も走ってあとを追い、玄関の中央階段を二段飛ばしで駆けあがって、ばたばたと庁舎に入った。長い廊下を走り、さらに階段を駆けあがり、経理課のある区画までもどると、会議室のドアのまえに工藤課長と長身の男が立っていた。トレンチコートを脱いで腕にかけているが、間違いなくさっき見た外国人だ。

二人が近づいていくと、その外国人は帽子を浮かす挨拶のポーズをして、とりわけ賢一のほうににっこりと微笑《ほほえ》んだ。

「『スターズ・アンド・ストライプス』のボガートです」と流暢《りゅうちょう》な日本語で言った。「ダニエル・ボガート。よくハンフリー気取りと言われますが」

＊

会議室の横長のテーブルを挟んで、晴夫と賢一はボガート記者とむかいあっていた。工藤課長はドアを背にした側面の席から取材のようすを眺め、となりには晴夫の直属の上司の丸田《まるた》係長が座っている。

「最後にもう一度確認しますが」とボガート記者は言った。「お二人は貯金局の競技会で何度も優勝を争うトップ選手で、今回の試合には年長者の竹崎さんが出ることになったわけですね」

「はい」

晴夫は堅苦しくこたえた。取材中、ボガート記者は流暢に日本語で話しつづけ、晴夫のほうが片言みたいな返事をしている。

「わかりました。では、ご健闘をお祈りします」とボガート記者が言った。「マッカーサー司令部は近日中に予選会を開いて選手を決めます。すでにたくさんの兵士がわれこそはと志願しているようです。竹崎さんの対戦相手は、その予選を勝ち抜いた司令部きっての腕利きになります」

「覚悟しておきます」

晴夫が言葉少なにこたえるわきで、賢一がテーブルに手をついてまえのめりに言った。

「だとしても、ノーチャンスで勝てますよ」

「ノー・チャンス？」ボガート記者が訊き返した。「見込みがないのに、勝てるんですか？」

「見込みがない？　なんの話です。こっちはノーチャンスだって言ってるのに」

「ああ、もしや、ノー・ダウトで勝てるとおっしゃりたいのでは？」

「ノーダウ？」賢一が首を振り、語気を強めた。「何度言えばわかるかな、ノーチャンスと言えば、ノーチャンスなんだ」

「な、なるほど、そうですか……」

ボガート記者が戸惑いがちにうなずいた。

「では、これぐらいで」

と工藤課長が席を立った。取材中に発した最初で最後の言葉だった。ボガート記者も立ちあがり、ていねいに礼を言って、課長について会議室を出ていった。

丸田係長はすぐには立たず、晴夫と賢一の顔を見くらべた。

「いやあ、米軍さんと一戦交えるとは、また大変な役目を仰せつかったな」

「まったく、とんだ災難です」

晴夫は思わず本音を洩《も》らした。

「しかし、竹崎も水臭いな。どうして話してくれなかった」

「すみません。試合に出るよう言われたあと、課長がだれにもなにもおっしゃらないので、ぼくもひとに話していいのか判断がつかなくて」

「ああ、なるほど、課長がな」と丸田係長が苦笑した。「それなら、きみも宙ぶらりんで落ち着かなかったろう」

「ええ、まあ。ですが、こんな取材までされると、どれだけ大事《おおごと》になるのかとよけいに落ち着きません」

「たしかに、むこうは予選会までやるという力の入れようだ。課長の顔色からはなにも窺《うかが》い知れんが、これはひょっとするとたんなる余興じゃなくて、米軍の威信をかけた真剣勝負かもしれんぞ」

「ちょっと、係長、おどかさないでください」

「しかし、竹崎なら大丈夫だろう」と丸田係長が言った。「無責任なようだが、おれはほんとにそう思うぞ」

「はあ、そうならいいんですが……」

「さて、二人ともご苦労だった。なにか話しておくことがあれば、このまま部屋を使ってくれてかまわんからな」

丸田係長が会議室を出ていくと、晴夫はため息をつき、賢一はぶつくさこぼした。

「なんだ、あのハンフリー・ボガートの偽者は。日本語は流暢なくせに、英語がてんで通じないじゃないか」

「ああ、そういや、苦労してたな」

「まったく、うんざりしたぞ。あんな簡単な英語をなんべん言わせるんだ」

いや、苦労していたのはボガート記者のほうだろう。

「念のため訊くけど」と晴夫は言った。「おまえが言いたかったのは、むこうにチャンスはない、こっちが必ず勝つってことだよな？」

「もちろん、そうに決まってる」

「じゃあ、それはたぶん伝わってないな」

「そうさ、ほんとにどうなってるんだ」

賢一の英会話にたいする自信は、これぐらいではびくともしないらしい。

「それにしても、あの記者はへたな日本人より日本語がうまかったな」と晴夫は言った。

「なんだかそのことばかりに気を取られて、なにを話したかいまいち憶《おぼ》えてないよ」

「だけど、肝心の英語を忘れちゃ、通訳もできんぞ」

「おい、まだ言ってるな。あれはきっと日本語のほうを聞き違えたのさ」

「まあ、そういうことにしとくか」と賢一が言った。「さて、どうする？　おまえも浮かない顔をしてるし、ここは気分を変えて一杯やりながら話さないか」

「悪いが、さっきも言ったとおり、今月は余裕がないんだ」

「おまえ、本給も手当も、おれとおなじだよな」

「そりゃ、そうだろうな」

「じゃあ、残業のぶんだけおれより手取りは多いはずなのに、どうしてそんなに懐具合がさみしいんだ？」

「おまえは自宅通勤だろ。おれは下宿暮らしで、なにかと出費があるのさ」

「ふうん、なにかと出費な。おまえがせっせと女に貢いでるとは思えんし、親元に仕送りでもしてるのか」

「まあ、そんなところだ」

逓信省は堅い職場だが、局員の給料は安い。晴夫はその薄給を工面して、毎月欠かさず親元に仕送りしていた。いまは父が闘病していたときほどの金額ではないし、こんなにもいらないと母が一部を送り返してくることもあるが、そういうときは兄のほうに送りなおしたり、土産を買って訪ねたりするので、晴夫の暮らしぶりはあまり変わらない。

そんなわけでちょっと贅沢すると、すぐに懐に北風が吹きこんでくるのだ。

「それじゃ、しかたがないな。今日はここで辛抱するか」と賢一は言った。「けど、しゃべって喉が渇いた。ビールとは言わんが、せめてお茶ぐらいは飲みたいもんだ」

「番茶でよけりゃ、何杯でも」

と晴夫は立ちあがった。

「いやいや、正選手殿に使い走りはさせられん。ここは補欠が行くよ」

と賢一も腰を浮かす。

「いいよ、どうせ経理課の給湯室を使うんだし。それに、大の男が二人ならんで一杯ずつお茶を汲《く》んでくってのも、おかしな景色だろう」

「おっと、そうか」と賢一が椅子に座りなおした。「そんなところを女子局員に見られたら、おれまで変人の噂を立てられちまう」

「おい、お茶にワサビを入れるぞ」

給湯室に行くと、さいわいというべきか、女子局員の姿はなかった。退勤時間を過ぎているから、茶道具などはきれいに片づいている。

晴夫はおおぶりの薬缶《やかん》に少しだけお湯を沸かして、急須に茶を淹《い》れた。薬缶をもとの場所にもどすと、盆に急須と湯呑、茶托《ちゃたく》、ふきんを載せて、会議室にもどる。

廊下で工藤課長の姿を見かけたが、話しかけるのを諦めてドアを入った。テーブルを拭いて茶を出すと、賢一があきれ顔で言った。

「おまえはほんとに几帳面《きちょうめん》だな。きっと子供のころから、クソ真面目だったんだろ?」

「いいや、大外れだ」と晴夫は言った。「几帳面だとか、真面目だとか、そんなのは子供のころ一度も言われたことがないな」

いまひとからそう見えるとしたら、それはたぶん子供のころに父の背中を見て学んだことが、大人になってすこしずつ身についてきたからだろう。父は映画の仕事はもちろん家でちょっとした大工仕事をするときにも手間や力を惜しまず、道具はていねいにあつかい、使ったあとは必ずきちんと手入れした。晴夫はそういう姿を眺めて、自分もいつか父のようになりたいと思っていたのだ。

「そうか?　にわかに信じがたいが」と賢一は首をひねり、晴夫の手元を見た。「よし、それならこんどこそ言い当ててやる。おまえが自前の湯吞を机に置かないのは、万が一、ひっくり返したときのことを考えるからだろ」

「いや、べつに、そんなわけじゃ……」

晴夫が口ごもり、湯吞をつかんで番茶をすすると、賢一は手を打って笑った。

「はっはっ、図星だったな」

「ああ、そうだよ」晴夫は憮然《ぶぜん》と言った。「就職してすぐのころに、湯吞を倒して、書類をぼとぼとにして、先輩に迷惑をかけたんだ。それ以来、机に飲み物を置かないようにしてる」

もちろんそんなことはめったに起きないとわかっているけれど、めったに起きないことはいつなんどき起きてもおかしくない。

「なるほど、よくわかった」と賢一がうなずいた。「それで八年もお茶を飲まずにすますんだから、おまえはやっぱり正真正銘の変人だ」

四

戦争未亡人の家に、晴夫は下宿している。

場所は芝《しば》五丁目にあり、大家の照子《てるこ》は齢《よわい》三十半ばぐらい。夫は陸軍の下士官で南方に出征して帰らなかったという。妻と幼い子供二人を残してのことだ。夫の無念や家族の悲嘆は、晴夫には安易に推し量ることもできない。

下宿屋を紹介してくれたのは、上司の丸田係長だった。近所に親戚が住んでいて、下宿人を探している家があると話を聞いたらしい。

晴夫がここを借りると決めたのは、夜分にソロバンの稽古ができたからだ。それまで暮らしていた下宿屋では、夕飯のあとに珠音をさせると、すぐさま大家が飛んできて苦情を言われた。

いまは八時半までならかまわないと言われている。かわりに週一度、子供たちに小一時間ほどソロバンを教えることになったけれど、これは晴夫にすればおやすい御用で、言ってはなんだが筋の悪い大人を教えるよりよっぽど楽だった。

飯倉本庁舎への通勤は徒歩。ゆっくり歩いても三十分ぐらいの道程だし、路面電車を使うとかえって遠回りになる。それに四十銭の運賃も惜しい。

けれども米軍の計算機との試合を命じられてからは、その道程がすこし長くなった気がする。考え事をしながら歩くことが多くなったせいかもしれない。

今夜も桜田通りを帰るあいだに、真上にあった青白い半月が思いのほか傾いていた。このあたりは街灯の復旧が遅れていて、まだ戦前よりも道が暗い。久しぶりに夜空の星を見まわしてみたが、子供のころのように包みこまれる感覚はなかった。

下宿屋の格子戸を開けて、ただいま帰りましたと高く声を張った。さえない顔色をしていると、照子は心配半分にあれこれ詮索してくる。疲れて話したくないときは、空元気を出すのが一番なのだ。

「あら、遅かったわねえ。晩御飯、冷めちゃったけど、すぐに食べられるわよ」

晴夫は二階の六畳間を借りている。台所からの声を聞きながら部屋に上がり、鞄《かばん》と上着を置くと、弁当箱を持って茶の間に下りる。卓袱台《ちゃぶだい》に一人前だけ残された食事のまえに座ると、しばらくして照子がご飯と味噌汁《みそしる》を運んできた。

「あらあら、そんなにいつまでも膝を揃《そろ》えてかしこまってないで、もっと気楽にしてくれたらいいのに」

　この半年ばかり、照子は思い出したようにおなじことを言う。だが晴夫は食事のとき浴衣に着替えず、足も崩さなかった。それが寡婦の家に下宿する独身男の節操だろう、と思っている。胡座《あぐら》をかいてふんぞり返るのは、自分の家を構えてからで遅くない。

「いえ、ぼくはこれが楽ですから」

　ごちそうさまと弁当箱を返してから、いただきますと晴夫は手を合わせた。

　夕飯はカボチャと雑穀の入ったかて飯、なにかの野草の味噌汁、たぶんオカラとヌカや小麦粉を混ぜた厚揚げ風の焼物、芋蔓《いもづる》の煮物。今日あたり魚の干物が出るかと思ったが、残念、当てがはずれてしまった。

「晴夫さんは、ほんと律儀ねえ」

　照子はそう言うと、かたちだけ立ちあがるまねをして、またどすんと尻を落ち着けなおした。小学生の子供がいるから三十半ばぐらいと見積もっているのだが、見た目や立ち居ふるまいは、もうちょっと貫禄《かんろく》がある。

「そうそう、聞いたわよ、晴夫さん。なんでも進駐軍のすごい機械とソロバンで一騎討するそうじゃない。そんな一大事をどうしてすぐに教えてくれないの。ほんと水臭いったらないわ」

ダニエル・ボガート記者の取材を受けた翌日、ソロバンが電気計算機に挑戦するという内容の記事が星条旗新聞に掲載された。つづいて日本の各紙にも取りあげられ、日米対抗の計算試合のことはひろく世間に知れ渡った。

「貯金局一のソロバンの達人」

は逓信省内でもいっきに有名人になった。晴夫は同僚や知人はもちろん、ふだん廊下ですれ違うだけのひとからも、がんばれよ、たのんだぞ、しっかりな、と声をかけられた。ときには見ず知らずの女性局員から熱心に応援されて、どぎまぎすることもあった。

とはいえ、この下宿屋のまわりでは顔も名前も知られていないし、さいわいにも照子は新聞を読まない。近所で騒がれることはまずないと高《たか》を括《くく》っていたけれど、どうやらそうは問屋が卸さなかったらしい。

「君江《きみえ》が、学校で聞いてきたのよ」

と照子は娘の名前を言った。君江は姉で十歳、弟の良太《りようた》は八歳になる。

「友達が寄るとさわると噂してたんだって、どこかのソロバンの達人が進駐軍の計算機と勝負するって話。君江は最初、ふうんってなもんだったらしいけど、選手の名前を聞いてびっくり、それってわたしのソロバンの先生だってことになったわけ」

「なるほど、そうですか」

晴夫は顔色を変えまいとつとめつつ、ほろ苦い味噌汁をすすった。

「でも、子供の話なんて当てにならないでしょ。それで近所に聞いてまわったら、やっぱりみんな知ってるのよ、ソロバンと計算機の一騎討のこと。だから、それはうちの下宿人さんです、応援してあげてちょうだいね、って頼んどいてあげたわよ」

「ありがとうございます。ですが、そんな騒ぎ立てるほどのことじゃないですから」

言いながら、晴夫は口に入れた芋の蔓が喉に詰まりかけた。

「なに言ってるの、たいしたもんよ」と照子は晴夫の肩をぶつような仕草をして、「晴夫さんは日本の代表として戦うわけでしょ。話を聞いたら、みんな進駐軍の鼻を明かしてほしいって楽しみにしてたわよ。ほんとよ。それどころか、大きな声じゃ言えないけど、荒物屋のお婆《ばあ》さんなんか、孫たちの仇《かたき》を取ってくれろって、あたしの手をつかんで涙を流してたんだから」

台所のほうから良太の呼び声がして、照子はいったん茶の間を出て行った。だが晴夫が食事を終えるまえに、こんどはブリキの茶筒を手にして入ってきた。

お茶を淹れてくれるのかと思ったが、そんな素振りでもない。晴夫のわきに座ると、もじもじと茶筒をいじりながら猫なで声をこしらえた。

「ねえ、晴夫さん、ちょっと頼みがあるんだけど、いいかしら」

「はあ、なんでしょう」

「じつはね、ソロバンの試合をして進駐軍の兵隊さんと仲良くなったら、これを新札に換えてもらいたいのよ」

照子は茶筒の蓋を開けて、丸めた札束を出した。旧紙幣で四、五十枚はあるだろうか。

「…………」

晴夫は眉をひそめて、箸と茶碗《ちゃわん》を置いた。

この年、昭和二十一年二月十六日の夕方、政府が突然に新円切り替えを発表した。新紙幣を二月二十五日から発行し、十円以上の旧紙幣は三月二日限りで無効にするというのだ（二月二十二日に五円札を追加）。これにともない十七日以降、すべての預貯金が封鎖され、所持する旧紙幣は三月七日までに金融機関に預け入れるものとされた。

当然ながら、庶民の暮らしは大混乱した。

封鎖された預貯金の引き出しは、月額で世帯主が三百円、世帯員は一人当たり百円までと決められた。政府は一ヵ月五百円で十分に暮らせると家計簿の見本を公開したが、そんなでたらめな計算どおりに生活できるわけがない。

引き出せるあいだに預貯金を引き出そうとする者、使えるあいだに旧紙幣を使おうとする者、切り替え対象外の小額紙幣に大量の両替を求める者、紙幣を使って釣銭の貨幣を掻《か》き集める者などが、金融機関や商店に殺到した。

一方で政府の発表をうのみにせず、旧紙幣の一部を手元に残す者も少なからずいた。照子もそのひとりだったわけだが、残した紙幣は三月七日を過ぎると紙屑《かみくず》になった。もはや買い物に使うことも、銀行に預けることもできなくなってしまったのだ。

照子が言うのは、そんな紙屑をもう一度、価値あるお金に変える方法だった。

占領軍の将兵は特権的に新旧の紙幣を無制限に交換することができた。そこで米兵に手数料を払って、旧紙幣を新紙幣に交換してもらう者があらわれたのだ。また米兵のなかにも旧紙幣を額面より安く買い取り、新紙幣に交換して利鞘《りざや》を稼ぐ者がいた。

だがもちろん、どちらも法を犯していることに疑いはない。

「大家さん、それはできかねます。なにせ見つかれば、手がうしろにまわりますから」

と晴夫は声を低めて言った。

「そうよねえ。せっかく堅い仕事についてるのに、つまらないことに関わりたくないわよねえ……」

照子は落胆を隠さず、太いため息をついた。

「ことがことだけに、ぼくひとりの過ちではすまされず、貯金局の信用にも障りかねませんし」

晴夫はそう言うと、なんとか笑顔をつくった。

「それに、今回の試合で、ぼくは米兵から目の敵にされることはあっても、仲良くなることはないと思いますよ」

「あら、いやだ。そうよねえ」

と照子も笑って、また猫なで声を出した。

「それじゃあ、このお金をこっそり貯金に追加することはできないかしら。ねえ、晴夫さんはそういうお仕事なんでしょ？」

「………」

「全部が無理なら、半分だけでもいいんだけど」

「………」

工藤課長ばりに晴夫が押し黙っていると、照子は不承ぶしょう札束を丸めなおして茶筒にしまい、なにも言わずに茶の間から出て行った。

晴夫はそそくさと食事をすませて二階に上がった。

*

天井からぶらさがる裸電球をともすと、部屋はがらんとしていた。

荷物といえるのは、子供のころから使っている古びた文机《ふづくえ》と本が数冊、手作りの洋服掛けに背広とワイシャツ、ネクタイが数本ぶらさがっているぐらい。蒲団《ふとん》や時季はずれの服、下着類を入れた行李《こうり》は押入れにしまってある。

唯一の飾りは、壁に貼った映画のスチール写真だった。

昭和十年十月に封切りされた『緑の地平線』のテストスチールだ。この映画は日活多摩川撮影所で撮られ、写真には原節子と途中降板した水久保澄子《みずくぼすみこ》が映っている。日活村で夜間ロケがあったあの夏の日、晴夫が原節子に憧れていると知った母が父に頼んで写真を手に入れてくれたのだ。

もっとも、もらった当時は恥ずかしくて部屋に飾ったりは決してしなかった。遊びにきた友達が壁に女優の写真を見つけたら、どれだけからかわれるかわからない。父が撮影所を辞めて、草加に引っ越してからは、そういう理由のうえに、新たな事情が重なった。晴夫の家では、だれも映画のことを話題にしなくなったのだ。

あんなに俳優の噂話が好きだった母も、父がいるときはもちろん、晴夫のまえでもいっさい口にしない。晴夫も子供なりに察して、部屋に映画の写真を貼ることなど考えもしなかった。

だが東京に出てきてからは、なんとなく部屋に飾るようになり、それがいまもつづいている。ひとり暮らしの寂しさからか、日活村での暮らしを懐かしむためか、いずれにせよ、晴夫はその写真を見ると、ふしぎにほっとした気分になる。

写真の原節子は水久保澄子に寄り添われ、どこか遠くに眼差《まなざ》しをむけて微笑んでいる。見ているこちらまで微笑みたくなるような清楚《せいそ》な笑顔だ。申し訳ないけど、となりの女優さんは目に入らない。水久保澄子もとびきりの美人だけれど、晴夫の天使は原節子なのだ。

このまえ賢一が遊びにきたとき、殺風景な部屋にもまして、このスチール写真に驚いていた。

「いや、まさかだぞ」と賢一は言った。「部屋が殺伐としてるのは予想できたけど、女優の写真が飾ってあるなんて思ってもみなかったからな」

「調布の撮影所は知ってるだろ?」と晴夫は言った。「小学生のとき近くに住んでたことがあるんだ。これはそのころの映画の宣伝用の写真だよ」

「へえ、宣材写真を持ってるなんて、おまえはそんな映画通だったのか。これまでなにも言わなかったじゃないか」

「べつに通ってわけじゃないさ。映画をあれこれ観たのは子供のころだけで、いまはそうでもないし」

「よし、それならこんど最新版のイングリッド・バーグマンのポスターを持ってきてやるよ」

賢一の親切はありがたいが、この映画は晴夫にとって特別な意味があった。暑くて長かった夜間のエキストラ撮影のことや、康介たちと撮影所の試写室にもぐりこんでスクリーンに自分の姿を探したことは忘れない。

階下から子供を呼ぶ大家の声が響いてきた。こころなしか疲れた声に聞こえた。

晴夫は文机のまえに腰を落ち着けると、ふうっと深いため息をついた。いましがたの照子の落胆した表情が瞼《まぶた》に浮かんでいる。

「気の毒だけど、どうしようもないな……」

照子の気持ちはわかるが、貯金局で働く身とすれば、いまどき旧紙幣を見せられるだけでもつらいのだ。まして図れるはずのない便宜を図れと言われても、こちらは返事のしようがない。

晴夫は両手で軽く頬を叩いて、文机の抽斗《ひきだし》からソロバンを出した。

愛用するのは、成人の記念に買った播州《ばんしゅう》ソロバン。兵庫県の北播磨《きたはりま》で生産されたもので、高級品ではないが、黒檀《こくたん》の枠の肌ざわりがやさしく、樺《かば》の珠《たま》のほどよい軽みと滑らかさ、なにより弾き終わりにぴたりと止まるところが気に入っている。

指慣らしにパチパチと弾いて、晴夫は手をとめた。

「日本の代表として、か……」

照子の言葉を思い出している。

もちろん、それは大袈裟《おおげさ》すぎる言い方だ。晴夫はただ上司に命じられて試合に出るだけで、日本どころか貯金局の代表ですらない。あえて言えば職場のソロバン仲間の代表ぐらいにはなるかもしれないけれど、上司たちにしてもそれ以上のものを担うことは期待していないはずだ。

だが事実はどうあれ同僚からは貯金局や逓信省の代表として、また照子や近所のひとたちからは日本の代表という思い入れで見られるだろう。それはどうしようもないことだし、対戦する米兵や会場の観客にしても、晴夫を日本人の代表と見なすにちがいない。だとすれば、晴夫の敗戦はたんなる個人の不名誉にとどまらず、日本がふたたび一敗地に塗《まみ》れることを意味するのではないのか。いや、これもまた大袈裟すぎる言い方だとわかってはいるけれど、周囲の期待が大きくなればなるほど、そんなことを考えずにはいられない。

重村書記官も米軍について、日本人と日本の文化を見下していると言っていた。晴夫が負ければ、その偏見を助長することにもなりかねない。書記官はそれを承知のうえで敗戦を指示したのだろうが、それはほんとうに正しい判断なのか。

勝利がかならずしも最善の結果につながらないことは、晴夫も痛いほど知っている。だが敗北で失われるものの重さも、この一年余のあいだにいやというほど思い知らされたのだ。

勝つことで失うかもしれないものと、負けて失うだろうもの、いったいどちらが大きいのか。考えてわかることではないけれど、それも考えずにはいられない。

「そもそも、おれは」と晴夫は呟いた。「なんのために試合に出るんだ?」

米軍が計算機とソロバンを戦わせたいと言い、米軍の機嫌を取るために試合に出て、米軍の機嫌を損ねないよう負けてみせる。それではまるで座敷に呼ばれた、へたな太鼓持ちではないか。

晴夫は眉根を寄せ、額を左右に振った。

これまでソロバンの腕を磨いてきたのは、他人と計算の速さを競うためでも、それを見世物にするためでもない。なにかひとつひとに負けないと思えるものを身につけることで、困難をまえにしたとき迷わず立ちむかえる勇気を持ちたいと考えたからだ。

だがいま晴夫の立ちむかうべき困難とはなんなのか。

米軍選手の操る電気計算機か、マッカーサー司令部の機嫌か、重村書記官の外聞をはばかる意向か、その意向に逆らう工藤課長の言葉か、それともほかになにかあるのか。

そんなことさえ、まだはっきりとしない。

あいつなら、どうするだろう、と晴夫はライバルの顔を思い浮かべた。

賢一がおなじ立場に置かれたら、やはりこんなふうに迷うだろうか。それともすぐに決断するのか。あいつならそんな気もするけれど、決断するとすれば、はたして勝ち負けのどちらを選ぶだろうか。

晴夫の通勤の足を重くさせる思案のひとつに、なぜ自分が正選手に選ばれたのかという疑問がある。というのも、この半年ほどは賢一のほうが調子がよく、競技でも腕試しの対戦でもこちらが連敗しているからだ。

工藤課長がそうした状況を把握せずに人選したとは考えにくい。賢一が上司から聞かされた年齢順という説明を額面どおりに受け取る気にもならず、自分が不調だからこそ選手に推されたのではないかと疑いたくなる。

重村書記官はあのとき品定めをしながら、晴夫のなかに自信のぐらつきを見つけ、正選手にすると決めたのかもしれない。しかし、あのあと工藤課長は「勝てよ」と言った。それが本心なら、あえて不調の選手を推薦するはずがない。

やはり、なにを考えても、いくら考えても、こたえはひとつとして出てこない。

晴夫はもう一度頬を叩いて、両手を指先まで揉みほぐした。いま賢一には好不調の差だけでなく、技倆面でも半歩先んじられたと感じている。たったの半歩だが、この開きはとてつもなく大きい。多くの競技がそうであるように、ソロバンも紙一重の差で勝負がつくのだ。

半歩進むために賢一が血のにじむような努力をしたことが、晴夫にはよくわかる。追いつき追い越すためには、それに等しい努力では足りず、倍する努力が必要となる。

晴夫は座りなおして、呼吸をととのえ、パチパチとソロバンを弾きはじめた。身につけた技術を磨くだけでなく、新たな工夫を練っている。

賢一がこれを見たら、なんと言うだろう。驚くにはちがいないけれど、おったまげたぞ、といつものように目を丸くするか、なにをやってるんだ、といつになく渋い顔をするか、実際に対戦してみなければわからない。

だがいまはまだその時期ではない、と晴夫はわかっている。もっと練りあげてからでないと、いっとき目を瞠《みは》らせるだけの、こけおどしに終わってしまう。

晴夫は指先に集中した。この工夫をものにすれば、計算の速度が飛躍的にあがる。それはたしかだ。慣れない指の動きに手の甲がひくついてきたが、ペースを落とさず、ソロバンを弾きつづける。細めた息遣いがいっそう細くなり、一瞬、はっきり聞き取れるほど珠音が速くなったとき、階段の軋《きし》みがギイギイと近づいてきた。

「晴夫さん、いいかしら」と照子が襖《ふすま》を開いた。「ごめんなさいね、今日は良太が早く寝ないといけないの。だから、そろそろ静かにしてもらえると助かるんだけど」

五

「試合は五種目。加減乗除と総合問題で行う。各種目とも三回戦、ただし総合のみ一回戦となる。問題内容については、星条旗新聞から送られてきた資料を見るように」

工藤課長は晴夫の机に置いた書類を指先でとんと叩いた。今回のソロバンと電気計算機の対決は『スターズ・アンド・ストライプス』紙の後援で行われ、実際の準備や交渉などはマッカーサー司令部ではなく新聞側が受け持つという。

「その程度の英語なら、辞書があれば読めるな」

「はい」

たぶん、と言いかけて晴夫は言葉を呑み込んだ。課長はそういう無駄なひと言を嫌う。

「第二小会議室に計算機が置いてある。手動式だが、参考にはなるだろう。三日間借りているから、研究しておくように」

「ありがとうございます」

「課内に英和辞典がなければ、あとで借りにこい」

工藤課長は言い終えると、足早に部屋を出て行った。

「今日の課長は、朝から一日分をしゃべりきったな」

右隣の同僚が計算の手をとめて囁くと、反対隣の同僚が小さくうなずきながら、

「あとはげっぷも出さんぞ」

「げっぷはひどい、せめてくしゃみにしておけよ」

とむかいの席から声がして、くすくすと笑いが洩れた。

工藤課長はそのあと午前中は幾度か部屋を出入りし、午後からはめずらしくほとんど自席にいたが、案の定、終業の鐘が鳴るまで一言もしゃべらなかった。

晴夫は残業を早めに切りあげて、課長に指示された会議室にむかった。貯金局にはいくつか共用の会議室があり、第二小会議室は定員八名になる。このまえ取材を受けた会

議室より小さく、晴夫たちは徹夜仕事で仮眠を取るときに使ったりもする。

　廊下を歩いていくと、どこからか軽い金属音のようなものが聞こえてきた。会議室に近づくと、薄く開いたドアから音が響いてくるようだ。

　ノックして、ドアを開くと、テーブルの奥で賢一が計算機と睨み合っていた。左手に説明書らしき冊子を開き、右手のひとさし指を計算機に伸ばして、なにやら眉間にしわを寄せている。

「おう、きたか。悪いが、さきに触らせてもらってるぞ」

　ちらと目をあげて、それだけ言うと、またひとさし指で、カチャン、カチャン、とやりはじめた。

「そうか、おまえも研究しておけと言われたんだな」

　晴夫は会議室に入り、ドアをきっちりと閉めた。

「そりゃ、こっちのセリフだ。もう少し待ってこなけりゃ、迎えに行こうと思ってた。なにせ工藤課長のことだから、おまえになにも言ってないおそれがあるだろ」

　賢一が真顔で言った。晴夫も笑えなかった。明日から三日、課長が一度も話しかけてこなくても驚かない。

「とはいえ、これを手配してくれたのは工藤課長だそうだ。うちの課長によると、どうやら自腹を切って取り寄せたらしい」

「そうなのか、ふうん……」

晴夫が奥に行くと、賢一は椅子を横に半分ずらした。晴夫はとなりの椅子をそこに移して、上着を背もたれにかけ、袖まくりしながら腰をおろした。

二人で計算機を覗き込んだ。

「悪いが、説明書を見せてくれないか」

「もちろん」

晴夫は手渡された冊子をめくりながら、

「これがモンロー計算機か。国産のタイガーの計算機とはかなり違うな」

「ああ、だいぶ使い勝手がよくなってるみたいだ。これは手動だけど、本番の相手も基本的な構造は似たようなもんじゃないか」

この当時の計算機はすべての桁を0から9までの一組の数字ボタンで入力できるテンキータイプではなく、各桁ごとに入力のための十個の数字がならぶフルキータイプの入力方式だった。八桁の計算機なら0から9の数字が八列、十桁の製品なら十列、入力盤にずらずらとならんでいたのだ。

たとえば222を入力するとき、テンキータイプなら2のキーを三連打するだけだが、フルキータイプの場合はまず三桁目（百の位）の数字の列から2を選んで入力し、つぎに二桁目（十の位）の列から2を入力、ついでまた一桁目（一の位）の列から2を入力することになる。

さらに国産の製品もふくめて旧式の計算機は、この入力の方法がキーではなくレバー式だった。各桁ごとに数字の列の横に小さなレバーがついており、それを上下させて入力したい数字に合わせていくのだ。はっきり言って、これはかなり操作性が悪い。

だがいま二人の目のまえにある手動のモンロー計算機はフルキータイプながら、数字の入力方法がタイプライターのようなボタン式になっていた。また計算結果が表示される場所も、旧式が手元であるのに対して、この機種は入力ボタンのむこう側にあり、見やすくなっている。

これまで計算機は幾度も目にしたことがあるけれど、使う立場で見たことは一度もなかった。こうして現物に手を触れてみると、機能性が格段に向上していることは、門外漢の目にも明らかだった。

「これは思ったより使えそうだな」

晴夫は素直に感心した。

「使えるどころか、相手がタイピストなみの速さで数字を打てるなら、こいつはかなり手強いぞ」

賢一はさっきまでひとさし指だけ使っていた右手をひろげて、いそがしく五本の指を動かしてみせた。

「とりあえず、計算してみよう」

「そうだな、論より証拠、百聞は一見に如《し》かずだ。まずは足し算から、とりあえず123＋456を計算してみるか」

賢一も上着を脱いでテーブルのむこうに放り出し、喧嘩《けんか》でもはじめるように腕まくりすると、またひとさし指一本にもどって、晴夫が開いて見せる説明書に横目を流しながらボタンを押しはじめた。

「右下の赤いボタンがクリア。ソロバンでいうご破算だな。それから右詰めで1、2、3と入力して、駆動用のハンドルを『＋』方向に一回転する。つぎに4、5、6と入力して、さらにハンドルを一回転。すると、計算結果の表示欄に、おっ、ちゃんと579と出てきたぞ」

「なるほど、新型はこのハンドル操作が電動になるわけか」と晴夫は電気計算機の形状を推測した。「たぶん『＋』のボタンがあって、数値を入れたあとに押すと、モーターが回転して内部の歯車を動かすんだろう」

「まあそんなところだろうな。よし、つぎは引き算だ」

「手順は足し算とおなじで、こんどはハンドルを逆回しするんだ」

「わかった、やってみる」

賢一はひとさし指でカチャン、カチャンとボタンを押してはハンドルを逆に回し、456－

123を計算した。すると、やはり結果表示欄の数字がカタカタと動いて333と解答が出る。

「これも電動は『二』ボタンがあるとして、どっちにしてもソロバンよりは作業が多いな」

晴夫が言うと、賢一もふむ、ふむとうなずく。

ソロバンの加算や減算は、数値を置きながら計算を行い、一口置くごとに、その時点での解が出る。どれだけ口数の多い計算でも理屈はおなじで、すべての数値を置き終えたとき、そこにはすでに解答となる計算結果が出ている。

これに対して、計算機は数値を置いたあとに、計算するための動作が入る。十口の計算なら十回、二十口なら二十回、ハンドルやボタンを操作しなければならない。そのぶんだけ作業が多く、時間的に不利になると思われた。

「掛け算は、おれがやっていいか」

と晴夫は訊いた。

「おう、やってやれ」

と賢一がおかしなハッパをかけてくる。

こんどは晴夫がひとさし指を伸ばし、賢一が説明書を開いて見せた。

「ためしに123×45を計算するぞ」

「おう、いけいけ」

晴夫は入力盤のボタンの行列を覗き込んだ。まず赤いクリアボタンをカチャンと押す。それから右詰めで1、2、3と入力していき、シフトキーを使って数値の位取りを二桁の位置に合わせる。そして、駆動用のハンドルを「+」方向に四回転。つぎに位取りを一桁のところに移して、ハンドルを同方向に五回転する。

「なるほど、123を四十五回足す理屈か。実際の作業としては1230を四回と123を五回足すわけだ」と晴夫は機械的な計算の仕組みを理解して、「すると、割り算は逆に割る数を引いていくんだろうな」

「手強いってのは取り消しだ。計算機ってのは面倒というか、なんだかこう融通の利かんもんだな」

賢一が背もたれに身体をあずけて、ふうと息をついた。

ソロバンの乗算も作業は決して少なくない。基本形は掛ける数と掛けられる数の両方をソロバンに置き、掛けられる数を順に払いながら計算を進める。そして、このとき掛ける数のほうは備忘程度の意味しかないため、これを置かずに計算する「片落とし」という方法が一般的には用いられている。

そして上級者になると、掛ける数も掛けられる数もソロバンに置かない「両落とし」という方法で計算する。晴夫や賢一はもちろんこの両落としで計算するのだが、これはいわば暗算の途中経過をソロバンに置いていく方法で、基本形や片落としのように無用な数値を置いたり払ったりしないため、圧倒的に計算が速くなる。

一方、計算機はソロバンのような技巧を必要とせず、単純な作業の積み重ねだが、だからこそ決められた手順を省くことができない。数値が大きくなれば、それだけ作業の数が増えていき、かなりの労力と時間を要することになるだろう。

「たしかに、ソロバンとは使い勝手の種類がちがうようだな」

と晴夫は言った。

「天と地ほどちがうさ」と賢一が背もたれを軋ませてふんぞり返った。「仮に相手がタイピストなみの速さで数字を打てたって、位取りだのなんだのともたついたうえに、計算のスピードがこれじゃ、せいぜい勝負になるのは中級者までだ。おれたち上級者に敵《かな》うはずがないぞ」

実際には、計算機のボタンは機能のうえからも構造のうえからも、十指を縦横に動かして素早く操作することは困難に思われた。

＊

晴夫は念のために除算を計算してみた。乗算のときに予想したとおり、割られる数から割る数を引いていき、何回引けたかでこたえを出す仕組みのようだ。

計算の途中で賢一が説明書を投げ出して、「よし、見切った!」とテーブルを叩いた。

「こんなのに負けるわけがない。いや、これに負けたらソロバンの名折れだ」

「…………」

「もっとも、本物は電気で動くわけだけど、しかし、それで劇的にスピードがあがるとは思えんな。どうだ、おまえもそう思わないか」

「まあ、そうだろうな」

「どうした、浮かない顔して。歯ごたえのない相手と戦うのはいやか」

「いや、べつにそんなわけじゃ……」

「気乗りしないのなら、遠慮するな、こっちはよろこんで選手を代わってやるぞ」

「代われるものなら代わりたいが、そうもいかんさ。もっとも、最近はおまえのほうが調子いいし、こういう派手な舞台もおれよりふさわしい気がするけどな」

「ほら、おまえもそう思うだろ? おれもずーっとそれが言いたかったわけさ」

「ほんのちょっと早く生まれただけで正選手というのは、なんだか申し訳ないな」

「なに言ってるんだ。年長者がどうとかなんて、そんなのは建前に決まってるだろ。お偉いさんたちは、おまえのほうが適任だと判断したんだ。で、うちの課長がおれの面目を気にして、あとから理由をこじつけたのさ」

「だとすれば、お偉いさんたちの目は節穴だ」

「どうした、いやに弱気じゃないか」と賢一がいぶかしげに目を細めた。「たしかに節穴にちがいない連中も大勢いるけど、この件に関しちゃ、おれもやっぱりおまえのほうが適任だと思うぞ」

「どうして、おまえまで、そんなふうに？」

「おまえの言うとおり、おれは派手な舞台が嫌いじゃないが、そのぶんいやでも周囲がよく見えるんだ。だから東宝劇場みたいな大舞台で、外人ばっかりの大観衆をまえにしたら、会場の雰囲気に呑まれちまうかもしれん。でもその点、おまえはどこでだれが何人見てようが、いったんソロバンを弾きはじめたら関係なくなるだろ」

「そうかな……」

「そうさ、そこがおまえの恐ろしいところだ」

と賢一は言った。

「すまんな、励ましてもらって」と晴夫は浅く笑って、「とにかく、これも仕事のうちだ。できるだけのことはやるよ」

「うーん、どうもおかしいな」

賢一が椅子を引いて、離れたところから晴夫の顔を見なおした。

「もしや、おまえ、敵さんに勝ちを譲れといわれたか」

「いや……」

「工藤課長、いやちがうな、重村書記官の命令だろう。なるほど、どうりでこのまえから態度がおかしかったはずだ。おまえならいったんソロバンの試合をすると決めたら、相手が計算機でも飛行機でも二の足なんか踏むはずないのに」

　賢一はひとりでしゃべって、はたと膝を打ち、

「そうか、だから気乗りしなくても、おれと交代できないわけだ。自分の代わりに試合に出て、負けてくれとは言えんからな。どうだ、図星だろ。ここだけの話だから、ほんとのところを打ち明けろよ」

「そうだな」晴夫はため息まじりにうなずいた。「当日は熱が出ようが腹が痛もうが、おれが試合に出るしかないと思ってたけど、いくらそのつもりでも万が一のことも考えられる。おまえもいざというとき寝耳に水で話を聞かされるより、あらかじめ事情を知っておいたほうがいいかもしれん」

　晴夫はあらためて面談のようすを思い返して、重村書記官の言葉をできるだけ正確に伝えた。

「ふうん、書記官の言うことも理屈はわからんでもないな。けど、それなら最初から試合なんか断ればよかったんだ」

「断れるものなら、きっと断ってたさ。それができない相手だから、間違っても勝つなって話になるんだろ」

「なるほど、それもそうか」と賢一は口をへの字に曲げて、首筋に手刀を当ててみせた。

「で、書記官に逆らえば、これか?」

「どうかな、ためしに逆らってみたいとは思わんが」

晴夫は振りむいて窓の外を見やった。月明かりが淡く中庭を照らしている。ここからの眺めだけは戦前とすこしも変わらない。椅子を引いて立ちあがった。

「すまん、手洗いに行ってくる」

会議室を出ると、近くのトイレを素通りして、晴夫はしばらく廊下を歩いた。

重村書記官は負けろと言った。工藤課長は勝てと言った。じゃあ、おれはどうしたいのか。勝ちたいのか、負けたいのか。なんのために勝つのか。日本のため? 逓信省のため? 自分のため? なんのために負けるのか。日本のため? 逓信省のため? 自分のため? 考えれば考えるほど、こたえが遠退《とおの》いていく。

晴夫は長い廊下のはずれにあるトイレに入り、用を足して、洗面台のまえに立った。じっと鏡を見つめた。

「どうする」

声に出して問いかけた。水道の蛇口をひねって手を洗い、それから屈《かが》んで顔に水をかけ、そのままじゃぶじゃぶと洗った。

「しかし、竹崎も貧乏籤《びんぼうくじ》を引いたな」

ふいにドアが開いて、話し声と靴音が入ってきた。

「まったくだ。このご時世に進駐軍相手に勝負だなんて、だれが好きこのんでやるものか」

「旗を振って応援してる連中もいるが、バカな話だ。いまさらアメリカ相手にソロバンで勝ってなんになる」

「まったく、まったく。下馬評じゃ、ソロバンが有利らしいが、勝ったところで進駐軍が尻尾を巻いてこの国から出ていくわけでもあるまい」

「あいつ、逓信報国団ではなにか役員をやっていたか」

「それは知らんが、はるばる満州の競技会に参加したり、なにかと協力していたんじゃないか。いまさらマッカーサー司令部に睨まれて、戦犯なんてことにでもなれば、泣くに泣けんぞ」

「うむ、おとなしく負けておくにしくはないか。しかし、竹崎のような名手が計算機に負けて、局内にソロバン不要論でも起きたら、それはそれで身の置き場がなくなりそうだ」

「勝っても負けても、いいことはない。やっぱり貧乏籤だな」

逓信報国団は一億一心、総力発揮の掛け声のもと、戦時下の全逓信職員で組織された団体で、晴夫の立場は一団員以上でも以下でもなかった。満州の競技会にも個人で参加したのではなく、貯金局から選手として派遣されたのだ。

あれで戦犯だなんてありえない。そうは思うが、いやな言葉ほど耳に残るものだ。思案の材料がまたひとつ増えてしまったかもしれない。晴夫は気づかれないようにハンカチで顔を拭きながらトイレを出た。

会議室にもどると、賢一が椅子から腰を浮かして計算機のうえに覆いかぶさり、ずり落ちたシャツの袖でしきりに額の汗をぬぐっている。

「どうした、なにかあったか」

「いや、べつに、ちょっと割り算をしようかな、と」

「割り算？」

「ああ、それが……」と賢一が言いよどみ、計算結果を表示する部分の蓋を開いた。

「じつは、な。いろんな数値を置いて、0で割ったり、0を割ったり、あれこれ試したんだ。すると、いきなりおかしな音がして、ここの数字が動かなくなった」

「おい、なにやってるんだ。0の割り算が成立しないのは常識だろ」

「もちろん、それはわかってる。わかってるから、どんなふうに機械が動くか見てみたかったんだ」

「まったく、無茶するやつだな。壊れたらどうするんだ、これは工藤課長の借りものなんだろ」

「壊れたかな。いやあ、まずいな。壊れたら、やっぱり弁償かな」

賢一が腕まくりをなおしかけて、また袖で額をぬぐう。けれど、すぐに大粒の汗がにじんでくる。

「おまえ、計算機の値段は知ってるか」

と晴夫は訊いた。

「これのことは知らんが、こんどの対戦相手の新型計算機は七百ドルするそうだ」

「七百ドル！」

晴夫は思わず叫んだ。いまの為替相場は一ドルが十五円だから、なんと一万五百円になる。

「おれたちの給料のざっと二年分じゃないか」

「けど、それは最新式の話だ。これは旧式だから、そんなに高くはないだろ」

「だとしても、きっとそれなりに値は張るぞ。修繕するだけにしても、おれたちの月給が何ヵ月分飛んでくことか」

「わかってるよ。だから、いま必死でなおそうとしてるんだろ」

と賢一が焦り気味に計算機に手を伸ばす。

「待てよ。へたにいじくりまわさず、説明書を読みなおそう」

その日、二人は深夜までかかって、ようやく計算機をもとの状態にもどし、そのまま会議室で仮眠を取った。

*

翌朝、トイレで身繕いをして、晴夫と賢一はそれぞれの職場に出勤した。

二人とも一晩や二晩の徹夜ならどうってことないと自負している。げんに晴夫も午前中はいつもどおりに仕事をこなしたが、久しぶりに昼食を外に食べにいき、一杯十円のうどんで腹が温まると、不覚にも瞼がとろんと垂れさがってきた。

慌ててトイレに行き、洗面台に顔を突っこんで冷たい水で洗う。賢一もいまごろ眠気と苦闘しているにちがいない。やっとのことで目が冴《さ》えて、大急ぎで職場にもどると、ちょうど電話に出ていた同僚が手招きした。

「おい、竹崎、きみに電話だ」

受話器を受け取ると、受付の女性の声が聞こえてきた。

「竹崎さんを訪ねて、アリノさまがお越しです」

「アリノ?」

「はい、アリノシンゴさまとおっしゃられています。お約束ではないとのことです」

「ああ、慎吾! 有野《ありの》慎吾か!」

一階に駆け下りると、正面の受付のまえに若い男が立っていた。うしろ姿だが、ひと目でわかった。まぎれもなく、あの同級生のシンゴだった。

晴夫の足音に気づくと、慎吾は振りむいて、こちらに近づいてきた。

あいかわらず小柄で真っ黒に日焼けしている。痩せているけど決してひよわには見えず、全身にバネのような張りを感じさせるのも子供のころとおなじだ。ただ鋭い目つきをするかわりに、真新しい鼈甲《べっこう》柄のメガネをかけていた。

「よう、久しぶり」

と慎吾が言った。その口調も変わらない。

晴夫は思わず顔がほころんだ。

「ほんとに、久しぶりだ」

「元気そうだな」

「うん、そっちもな」

「変わりはなかったか」

「うん、まあいろいろあったけど、このとおりさ」

「そうか。じゃあ、変わったのはこれぐらいか」

と慎吾がメガネの縁に手を添えた。

「いいメガネだな。似合ってるじゃないか」

「だろ？　自前で稼ぐようになって、最初にこれを買ったんだ」

「目が近いとは言ってたけど、けっこうレンズが分厚いな」

「そうさ、だから小学校のときは黒板の字がからっきし読めなかった。でなきゃ、いまごろ博士になってるぜ」

「ああ、もちろんだ」

と晴夫がうなずき、二人は笑った。

「で、博士のかわりに、いまはなにをやってるんだ？」

「釣竿《つりざお》を作ってるよ。竹製の和竿を」

「へえ、それはまた意外だな」

晴夫は目を丸くした。

「まあな、おれも意外さ。けどこれは、むかしおまえに撮影所のなかを見せてもらったおかげだぜ」

慎吾は調布尋常小学校を卒業すると、その日のうちに家を飛び出して、しばらく日銭を稼ぎながら関東一円を放浪した。世の中にどんな仕事があるのか、人びとがどんな暮らし方をしているのか、自分の目でたしかめたいと思ったのだ。やがて埼玉の川口《かわぐち》で見かけた和竿職人の姿に惚《ほ》れこみ、その場で弟子入りしたという。

「たまたま通りがかりに覗いた家の窓から、師匠の仕事ぶりが見えたんだ。で、これだ、おれはこれをやりてえと思ってな。拝み倒して弟子入りして、それからは三度の飯と寝床をあてがわれるだけの徒弟暮らしさ。まあ、それでもおれには十分ありがたかったけど、近ごろはやっと売り物になる竿を作れるようになってきて、それでこれさ」

と慎吾はもう一度メガネに手を添えた。よほど気に入っているのだろう。それまでは師匠のお古のメガネを借りて作業していたが、度が合わなくて苦労したらしい。

「まだ一人前には程遠いけどな」と慎吾は言った。「それに引きかえ、おまえは立派なもんだ。ネクタイ姿もパリッとして、どっかの映画スターみたいだぜ」

「だといいんだけど、建物が立派だから、それなりに見えてるだけさ」と晴夫は苦笑した。「それにしても、ここで働いてるってよくわかったな」

「新聞で見たよ、進駐軍とソロバンで勝負するってやつ。その選手が竹崎晴夫で同い年だろ。まあ、そんなにめずらしい名前でもねえけど、人違いならそれでもいいやと思ってきてみたんだ。名前を見たら、もっぺん会いたくなってな」

「そうか、ほんと嬉しいよ。おれも、シンゴに会いたかったんだ」

慎吾が一歩近づいて、こぶしで晴夫の胸をとんと突いた。

「おたがい無事でよかったな」

二人はいっとき黙って目を見かわした。一別以来の十年の月日が二人のあいだを風のように流れていった。

「お袋さんたちは元気なのか」

　と晴夫は訊いた。

「ああ、お袋は元気だ。親父はいま中気で寝たきりになっちまってるけどな。ほんと、どこまでいってもろくでなしだが、いまさら蹴っ飛ばしてやる気もしねえ」

「調布もかなり空襲にやられたんだろ」

「お袋が数えたところじゃ、十四回だとさ。空港や軍需工場があったから、だいぶ念入りにやられたみたいだ」

「じゃあ、撮影所や社宅も？」

「いや、それがふしぎと無事だったらしい。遠目には工場みたいにも見えたけど、狙われずにすんだんだな」

「よかった、撮影所のみんなも無事なんだ」

「けどな、ショータの家はやられたよ」と慎吾は言った。「あいつんちは床下に豪勢な防空壕《ぼうくうごう》を掘ってあったんだけど、そのうえにあのでかい屋敷が崩れて半日も燃えつづけたらしい。で、みんな蒸し焼きになっちまったんだ」

　慎吾の両親たち小作人はその防空壕に入れてもらえなかったのだが、おかげで命拾いしたのだという。

「そうか……」

　晴夫はうつむいて胸裡で手を合わせた。転校するまで将太と仲直りすることはなかったが、それはもうとっくに過ぎた話だ。

「なあ、シンゴ、ひとつ訊いていいか」

「ん？　どうした」

「むかし日活村の子が転校してきたとき、どうしてすぐおれに『あすんべえ』って声をかけてくれたんだ？」

「ああ、それな。ふしぎだったか？」

「うん、当時から気になってた」

「そんなたいした理由じゃねえけどな」と慎吾は言った。「あのときおまえは相手が日活村の子でも地元の子でも、おんなじように振る舞ってたろ。だからこいつとなら仲良くできそうだと思ったんだ。いまこうして思い返してみると、おれは小作のせがれで、なんだかんだ言って地主や自前の子には引け目を感じてたからな。そういうの抜きで遊べる仲間がほしかったんじゃねえか」

「そうか、おれはそんな子供だったかな？」

「いまだから言うけど、見習わなきゃなと思ってたぜ。おまえのわけへだてのねえところと、なにがあっても他人のせいにしねえところは」

「なんだよ、真面目に訊いたのに、でまかせ言ってからかってるな」

晴夫は照れ隠しに顔をしかめた。

「さあ、あんまり油も売ってられねえんだろ」と慎吾が言った。「なんせ、貯金局一のソロバンの達人だ。おまえがいねえと仕事がストップしちまう」

「そうさ、早くもどらなきゃ」

「おれも行かなきゃ。銀座に女の子を待たせてるんだ」

「髭を生やした、釣竿作りの名人の女の子だろ」と晴夫は言った。「連絡先を教えてくれよ。こんどまたゆっくり会おう」

「ゆっくり？　おれは立ち話ぐらいがちょうどいいけどな」

と慎吾は言ったが、もちろん二人は住所を教え合った。

重厚な正面玄関の中央階段をならんで下りて、庁舎前の通りまで出た。晴夫は忘れていた小学生のころの下校の気分をほのかに味わった。

「ほんとに、たいしたもんだな」

と慎吾が建物を見返して言った。

「そうだろ、おれもこの正面からの眺めが一番気に入ってるんだ」

「それもそうだけど、こんな立派な職場でおまえが一番を取ってるってのが、たいしたもんだと思ったんだ」

「いや、そんなんじゃないよ」と晴夫は首を振った。「一番と言ったって、べつに出世したわけでもないし。たまたまひとよりちょっとソロバンがうまかっただけさ」

「そのちょっとが大変なんだろ。おれにもそれぐらいはわかるぜ」

「やめろよ、さっきからくすぐったいことばっかり言うのは」

「進駐軍との試合、頑張れよ」と慎吾が言った。「連中をやっつけちまっていいもんかどうか、おれにはよくわかんねえから、勝てよとは言わねえけどな」

「………」

「けど、おまえがこうと決めたことはしっかりやり抜くやつだってのは、おれもコマもちゃんと知ってるぜ」

慎吾がまたこぶしを固めて、晴夫の胸をとんと突いた。

晴夫は黙ってうなずいた。さっきよりもさらに深く胸に響いている。

「じゃあな、ハルオ」

「ありがとな、シンゴ。会えて、ほんとによかった」

「へへっ」

慎吾は鼻をこすって笑い、その手を振って、くるりと背をむけた。

晴夫は見えなくなるまで旧友のうしろ姿を見送った。今回の試合がなければ、たぶん慎吾とは一生会う機会がなかったろう。選手を引き受けてよかったと、このときはじめて思った。

正面玄関にむきなおると、晴夫はぴんと背筋を伸ばした。力強く踏みしめながら中央階段を上りだした。対戦相手がだれでも、それがどうしたという気分になっている。

六

アーニー・パイル劇場の名はアメリカの新聞記者アーネスト（愛称アーニー）・テイラー・パイルに由来する。

アーニー・パイルは、第二次世界大戦中のアメリカでもっとも有名な従軍記者のひとりだった。大戦勃発直後からヨーロッパに渡って最前線の兵士と生死をともにしながら記事を送りつづけ、欧州戦線終結後は太平洋戦線に取材の場を移して沖縄上陸戦にも同行したが、伊江島《いえじま》の戦闘で日本軍の銃弾に斃《たお》れた。

連合国軍最高司令官総司令部（ＧＨＱ）は東京宝塚劇場を接収後、この米国民からも将兵からも愛された記者の名を劇場に冠すると決めた。そして「東京宝塚劇場」の文字を外壁から取り外し、かわりに英文字で大きく「ERNIE　PYLE」の名を掲げた。

米軍にとっては追悼の意味もあったろう。だがそれを見あげる日本人にとっては、まさしく占領の象徴にほかならなかった。

昭和二十一年十一月十一日、第一次世界大戦休戦記念日の午後早く。

日比谷公園駅で路面電車を降りて、アーニー・パイル劇場にむかう晴夫は、試合会場の手前で足をとめた。まばたきを忘れるほど驚いている。月曜日にもかかわらず、十人ほどの同僚の姿が見えたのだ。

ほとんどが経理課の同僚だが、なかには他課のソロバン仲間もいる。近づくと、同僚たちから一歩退いたところに賢一の顔も見える。

「みなさん、こんなところまで、わざわざ……」晴夫は声がはずむような、うるむような思いだった。「係長まできてくれたんですね」

「やあやあ」と丸田係長が笑顔で手をあげた。「会場で応援ができんから、せめて試合前に気勢をあげにきたぞ」

その言葉をきっかけに、みなが口々に励ましの声をかけてきた。頑張れよ。しっかりな。落ち着いて。竹崎さんなら軽いもんですよ。本庁でもみんな応援してるぞ。きっと勝ってください。たのんだぞ。気楽にやってこい。吉報を待ってます。

晴夫は一人ひとりに礼を言いながら、初登庁の日のように胸が高鳴った。

「どうだ、準備は万全か」

丸田係長が訊いた。

「はい、しっかり寝て、しっかり食べてきました」

「そうか、さすが百戦錬磨の竹崎だ。よし、アメリカさんにひと泡吹かせてやれ」

ぽんと背中を叩かれ、そのまま押し出されて、晴夫はみなのもとを離れた。

「よっ」

賢一が追いかけて肩をならべてきた。

「しっかり寝て、しっかり食べてきた、か。おまえは馬鹿正直が売りだと思ってたが、その気になれば嘘《うそ》もつけるんだな」

「べつに、そういうわけでもないさ」

睡眠時間はともかく、食事については嘘をついていない。今朝は下宿の大家の照子が力をつけていきなさいと、白いご飯を炊いて茶碗に山盛りによそい、卵焼きと豆腐の味噌汁まで出してくれたのだ。

「それにしても、補欠ってのはさみしいもんだ。為替課からはだれもきてくれん。まあ、そもそもおれがおまえの応援みたいなものだから、しかたがないけどな」

賢一が陽気に苦笑して、同僚のほうを振りむく。つられて振り返ると、みなはまだ手を振っている。晴夫は足をとめて、もう一度深々と頭をさげた。

「嬉しいが、つらいな」

賢一が肩を寄せて、ぼそりと言った。そして劇場につくまで、いつになく憮然と口を閉ざしていた。

劇場の入口で係員に声をかけると、星条旗新聞のボガート記者が出迎えて、二人を控室に案内した。工藤課長から聞いていた手順どおりだった。

ボガート記者はいったん控室を出てすぐにもどってくると、試合の進行やルールなどについて最終確認をした。途中で工藤課長が顔を覗かせたが、二人を見て軽くうなずくと、なにも言わずに立ち去った。

やがて腕時計を見て、ボガート記者が立ちあがった。

「ごようすからして問題はなさそうですが、念のためお尋ねします。予定どおり竹崎さんが選手として出場されますね」

「はい」

「では、ご案内します」

控室を出ると、すでに会場のざわめきが通路まで届いていた。なにやら蒸されるような気分で通路を歩き、舞台袖にきて幕の隙間から窺い見ると、観客席は三階まで満杯。立見客まであわせれば、三千人を超えているだろう。予想以上の大観衆だった。

「わかってはいたけど、こりゃ、まったくの見世物だな」と賢一が呟いた。舞台のほうを見やり、奥にかけられた横断幕に目を凝らして、「えっと、オールドと、ニューが、なんだ?」

「"The Old Against The New" この試合のタイトルです。意味は『旧《ふる》きものと新しきもの』」

ボガート記者が教えた。

「ふうん、さしずめ竹槍《たけやり》対機関銃といったところか。それとも、新型爆弾かな」

賢一がめずらしく棘《とげ》のある口調をしたが、ボガート記者はそれに取り合わず、舞台上の配置を説明した。

まず選手席。舞台の左右に一段高く台座が設けられ、それぞれに机と椅子が置かれている。観客席からむかって右側が晴夫、左側が対戦相手のパーシー・ストーン選手の席になり、そちらの机にはすでに電気計算機が設置されている。ともに背後に大きな燭台《しょくだい》が立っているのは、選手の手元を明るくするためだろう。

ついで審判席。選手席の奥にさらに一段高く幅広の台座が設置され、そこにまるで裁判官の法卓のように横長のテーブルが据えられている。椅子は六つ。審判員は公平を期して、アメリカ側、日本側、ともに三人ずつの計六人だという。

「いまは幕に隠れて見えませんが、舞台のまえにオーケストラピットがあって、楽団の演奏が入りますから、驚かないようにしてください」とボガート記者は言った。「では、竹崎さんは机にソロバンのセットを。辻谷さんは観客席のほうにどうぞ」

「よし、ガツンとやってやれ」

賢一は小声で言って、観客席に用意された控え選手の席にむかった。

晴夫が舞台袖を出て机に歩み寄ると、むこう側からストーン選手も出てきた。選手席を素通りして、右手を差し出しながら近づいてくる。晴夫もそのまま進んで、二人は舞台中央で握手した。

ボガート記者も背が高いが、ストーン選手はさらに長身で、日本人としては平均的な背丈の晴夫がやっと胸元に届くぐらいだった。栗色《くりいろ》の髪を短く刈りあげ、銀縁のメガネをかけている。こちらを見おろしてくる表情は穏やかだが、がっちりとした体軀《たいく》には闘志がみなぎっていた。

二人が席に着き、晴夫が持参のソロバンを机に出していると、審判員たちが入ってきた。アメリカ側は会計、監査部門の将校などで、日本側は大蔵省、外務省の官僚と日本銀行の重役だという。丸田係長が言ったとおり、これはやはりたんなる余興ではなく、米軍と日本人の威信をかけた真剣勝負のようだ。

審判員たちは選手二人の机を見てまわり、試合に使われる道具を検分した。アメリカ側には背広姿の外国人が説明役に付き、日本側には工藤課長が付き添っている。

アメリカ側の審判員はソロバンの説明を聞きながら、露骨に失望の表情をした。こんなガラクタでなにができるのか、これでは試合がはじまるまえから勝負がついているぞ、と拍子抜けしているらしい。

だが晴夫は日本側の審判員の態度のほうが気になった。三人ともソロバンにも電気計算機にも、なんの興味も示さない。工藤課長の説明に耳を傾ける素振りもなく、しぶしぶこの場にいますと、どの顔にも書いてあった。

六人が審判員席にあがっていき、課長たち説明役が退場した。ふと視線を感じて振りむくと、ストーン選手がじっとこちらを見ている。メガネの奥の青い目が鋭く、ソロバンの性能をあなどる気配はない。手強い相手に見えた。

パーシー・ストーンはマッカーサー司令部の第二四〇財務部隊に所属する二等兵で、各部隊の優秀者が集まった予選を勝ち抜き、在日最優秀電気計算機オペレーターとして選手に任命されたという。身長は大人と子供ほど差があるけれど、年齢はおなじ二十三歳。遠く離れた国に生まれた者どうし、なにかしら縁があったらしい。

晴夫はストーン選手の机に目をむけた。机上に据えられた新型のモンロー計算機は想像していたほど大型ではなかった。

賢一と手動式の計算機の仕組みを調べていたとき、二人はともに新型は駆動用のハンドルの位置にモーターが取り付けられるものと考えていた。だが実際にはそうした部品は見られず、全体的な構造にも目立った変化はない。遠目に見るかぎりひとまわりほど大きくなっているだけで、モーターがどこに組み込まれているのかもわからなかった。

晴夫はにわかに胸騒ぎがした。手動式の計算機を電気で動かすには大がかりな改造や部品の追加が必要で、結果的に鈍重な機械になるだろうと見込んでいた。だが最新の技術はもっと精緻で洗練されたものであるらしい。だとすれば、新型計算機の能力はこちらの想定を大きく上回るかもしれない。

ボガート記者がストーン選手に声をかけ、審判員席のようすをたしかめて、晴夫の机のわきまできた。わずかに身をかがめて囁いた。

「わたしは浮浪児であったところを親切な方に拾われて、日本人街で育ちました。子供のころから、養父がソロバンを使うところを見ています。その経験から言えば、これは伝統ある技能に新参の技術が挑む試合です。ですから、あえて竹崎さんの幸運《ラック》は祈りません。どうぞ胸を張って戦ってください」

尖塔《せんとう》のような形の大きな燭台に火がともされはじめた。三段重ねでならぶ百目《ひやくめ》蠟燭《ろうそく》がまばゆい光を放ち、審判員たちが雑談をやめて正面をむいた。

定刻の二時になったようだ。

晴夫は呼吸をととのえ、胸の昂《たか》ぶりを静めて、幕の裏地を見つめた。突然、ドラムとトランペットの音が高らかに轟《とどろ》き、オーケストラの演奏がはじまった。するすると幕が上がりだしたかと思うと、その重い裾をはねあげるようにして拍手の音がなだれこんできた。

まさに万雷の拍手だった。オーケストラピットの楽団員たちが負けじと、ひときわ騒々しく楽器を掻き鳴らす。

晴夫は呆然《ぼうぜん》とした。猛烈な拍手、けたたましい音楽、なにより満員の観客席に圧倒さ

れている。舞台上から見える景色は、舞台袖からとはまったくちがった。一瞬、頭が真っ白になり、そのあと最初に浮かんだのは、

「こんなにたくさんの外人を見るのは、生まれてはじめてだ……」

という愚にもつかない感想だった。

蝶《ちょう》ネクタイを締めた司会者が舞台にあらわれた。楽団がぴたりと演奏をやめ、観客の拍手がゆっくりとやんだ。司会者がしゃべりはじめたが、日本語の通訳はいないから、なにを言っているのかわからない。観客席からときおり拍手や笑いが起きる。

晴夫はしだいに居心地が悪くなってきた。観客がこちらを見て笑っている気がする。日本人やソロバンを嘲笑《あざわら》っているのかもしれない。いったん気にしだすと、いやな想像がどんどん膨らんでいく。見世物どころか、まるで晒《さら》し者《もの》になっているようだ。

やがてひときわ大きな拍手が湧きおこり、少女が二人、舞台に登場した。選手の介添役を務めるのだ。

晴夫の机のわきに立ったのは、振袖を着た黒髪の少女。事前に秋山陽子《あきやまようこ》という名前は聞かされているが、どんないきさつでこの舞台に立つことになったのかは知らない。

ストーン選手のほうは、チェックのスカートをはいた金髪の少女。たしかスーザン・テイラーという名前のはずだ。駐留している米兵の家族だろうか。

どちらも十二歳だというが、それより大人びて見える。自分がおなじ年頃のときなら、

きっと舞台袖で足が震えて動けなくなっていただろう。

試合には正式な計時係がいるが、介添役の二人はストップウォッチを手にしている。選手の希望でタイムを計ってくれるのだ。

子供にまかせるにしては大役だが、洋風の結婚式では子供が新郎新婦の介添役をすると聞いたことがある。こういうのがアメリカ人好みの演出なのかもしれない。いずれにせよ、少女たちは大観衆をまえにして物怖《ものお》じする素振りもなかった。

そうだ、物怖じしているのは、おれのほうだ。

はたと気づいて、晴夫はわれに返った。黒髪の少女はこちらに会釈したあと、まっすぐに姿勢を正して試合開始を待っている。その落ち着きが、晴夫には薬になった。おかげで視界が定まり、観客席の最前列に賢一の姿が見えてきた。

どうやら賢一も会場の雰囲気に呑まれてしまったらしく、蠟人形のような顔つきで座席のうえに固まっている。いったいどこを見ているのだろう。ようやく晴夫の視線に気づくと、ぎくしゃくと笑ってみせた。

問題用紙を持った係員が出てきて、選手の机に裏むきに配った。

晴夫は背筋を伸ばした。すると、いつもどおり腰から首にかけて、すっと緊張が走り抜けた。肩の力を抜いて、ソロバンを見おろした。

さあ、はじまる。

＊

第一種目は加算。問題は三問あり、一問ごとに勝敗を判定して、二勝したほうが勝者となる。各種目とも、引き分けた場合に問題の追加はない。

審判員席には中央にマイクが立てられ、右から三番目に着席する米軍将校の手元にゴングが置かれている。大尉の徽章《きしょう》をつけるその将校が審判長なのだろう。会場のざわめきが静まると、審判長の手がおもむろに動いた。

「チーン」

ゴングが試合開始を告げた。

晴夫は素早く問題用紙を表に返した。

三〜六桁の数値が五十口ならんでいる。

そう、これだ。つまるところ、これを計算するだけのことだ。そう思えた瞬間、晴夫の視界から周囲の景色が消えて、いつもどおり目のまえに数字とソロバンだけが残った。よし、やれる。晴夫は手ごたえを感じつつ、問題用紙のうえにソロバンを置いてパチパチと珠を弾きはじめた。

ストーン選手の側でもカチャカチャカチャと入力ボタンを押す音が鳴りだした。だがその音はすでに晴夫の耳には届いていない。耳朶《じだ》を打つのは、わずかの淀《よど》みもなく乾いた響きを刻みつづけるソロバンの珠音だけだ。

観客もはじめて聞くその音色に耳を澄ましていた。計算機の操作音にくらべると、子供のおもちゃみたいな音だけれど、計算機よりも響きが規則正しくスムーズで、しかもなぜか速いように感じられる。もしかすると、ストーン選手もおなじことを感じていたかもしれない。

晴夫はいっきに五十口の計数を弾いて、答えを書き込むと、右手で用紙をつかむなり、さっと頭上に差しあげた。

タイムは一分十四秒。介添役の少女が小さく息をついた。晴夫の手元を見ながら、息を詰めていたらしい。

ストーン選手の机からは、まだカチャカチャと音が鳴りつづけている。解答を書いて用紙をあげて見せたのは、それから一分余りあと。電気計算機の歯車が最後のカタッという音を残してとまったとき、会場は静寂に包まれていた。

観客のだれもが計算機の完勝を信じていた。ところが、その衆目のまえで早くも異変が起きたのだ。

係員が問題用紙を回収して、審判員のもとに届け、すぐに採点が行われた。いくら先に手をあげても、計算を間違っていては意味がない。やがてマイクを通して会場に声が響いた。審判長が結果を告げたのだ。観客席が低くどよめいた。

審判長の報告は英語だけだった。あいかわらず通訳はいないから、晴夫はどちらが勝利したのか正確にはわからない。ただタイムや観客の反応から、自分が勝ったのだろうと見当はついた。

晴夫はひとまず安堵《あんど》した。賢一と検討していたとおりの結果だった。

加算と減算の場合、ソロバンは計数を置くごとに、その時点での計算結果があらわれる。一方、計算機は数値を入力したあと、さらに計算時間を必要とする。このため計算機が勝つためにはまずソロバンを凌《しの》ぐ速さで数値を入力しなければならないが、これは晴夫たちのような上級者相手ではかなりハードルが高い。

計算機の歯車を動かすのが手でもモーターでも、ボタンを押して計数を入力するのにかかる時間は変わらない。だから新型の計算速度がどれだけ向上していようと、加算と減算についてはソロバンの有利は動かない、と二人は結論していたのだ。

係員が舞台に出てきて、二問目の問題用紙を配った。観客席はどよめきがやんで、凍りつくように静まり返っている。

審判長が小さく咳払《せきばら》いをした。ゴングがチーンと鳴った。両選手席から同時に用紙を返す音がして、すぐさまパチパチ、カチャカチャと計算がはじまる。ほかに物音はしない。まるでからっぽになったような会場に、ソロバンの珠音と計算機のボタンの操作音だけが響いている。

晴夫は息を細めて集中した。問題の口数は一問目とおなじだが、こんどは計数に少数がふくまれている。ソロバンの操作がとくに変わりないのにたいして、計算機は小数点の処理が増えて不利なはずだ。公平を期すためか、それとも油断のゆえか、米軍はそのあたりを斟酌《しんしゃく》しなかったらしい。

晴夫が珠音を鳴りやませた。すかさず用紙をつかんで、まっすぐに差しあげる。計算機はまだ操作音を立てていた。だがさっきと速さがちがう。聞き違えようのない変化だ。ちらと見やると、ストーン選手の長い指がまるでピアノを弾くように入力盤のうえを躍っている。

晴夫から遅れること三十五秒、ストーン選手が用紙をつかんで手をあげた。小数計算という不利な条件にもかかわらず、いっきに半分もタイム差を詰めてきた。最初の問題では晴夫の珠音の速さに驚いて、ペースを乱してしまったのかもしれない。

係員が用紙を集めて審判員に届け、ふたたびマイクを通して結果報告があった。観客席がざわつき、まばらに拍手が起きてすぐにやんだ。

晴夫が正面をむいたまま待っていると、賢一が口をぱくぱくさせながら、しきりに手ぶりした。どうやら、うしろを見ろと言いたいらしい。振り返ると、審判長が立ちあがってこちらを指さしている。

晴夫が第一種目を制したのだ。

観客席は重苦しいざわめきに包まれた。だれもが目を疑っている。そうする以外にいま見たものに対処する方法がないからだ。もしや計算機が故障しているのか。いや、それなら選手が申告するはずだ。では、採点のミスか。そうだ、これはなにかの間違いでなければ、不正が行われたのだ。そうに決まっている。

晴夫はひと息つくどころか、押し寄せてくる不穏な空気に呼吸が苦しくなった。四面《しめん》楚歌《そか》という言葉が脳裏をよぎる。ここから無事に帰れるだろうか。なかば本気でそんなことを考えた。

司会者が出てきて、なにか話した。大仰な抑揚をつけて、会場を盛りあげようとしているようだが、いましがたとちがい、観客の反応が小さい。

晴夫はできるかぎり周囲を意識せず、机のうえのソロバンを見つめていた。

第二種目は減算。こんどは五問一組で一回分の出題となり、三組で勝敗を争う。

司会者が舞台袖にさがり、係員が問題用紙を配った。晴夫は息をひそめて待った。

審判長がゴングを鳴らした。問題はいずれも六～十桁の数値で二口の引き算になる。

晴夫は懸命に数字とソロバンに集中した。けれどもいつもどおりのことが一秒ごとに難しくなっていくようだ。これまで経験したことのない膨大な量の視線が身体に集まってくる。しかも、その視線にはイバラのように敵意と疑念が絡みついている。

押さえつけられるように肩が重く、顔にいやな汗がにじんできた。どれだけ集中できているのか不安になる。

いつになく逃げるように時間が過ぎていく感覚がした。だがさきに計算を終えたのは晴夫だった。タイムはソロバンが五十八秒。電気計算機が一分三十秒。やはり減算も計算の速さに相当の差がある。

審判長が結果を告げた。

観客の反応からして、晴夫の勝利と思われた。

会場は異様な空気に満たされていた。観客はいまもっとも見たくないものを見せつけられているのかもしれない。木と竹でできた原始的な道具を手にした日本人に、最新鋭の機器を駆使するアメリカ人が負ける。それはなにか戦場の凄惨な場面すら想像させるのではないか。

二組目の問題が配られた。

会場はなおも泥水を掻きまわすように重くざわついている。晴夫はハンカチを出して顔の汗をぬぐったが、頬が強張るのをどうすることもできない。

開始を告げるゴングの音が響いた。

晴夫は息を細めて集中した。だが消えてしまうはずの計算機の操作音が、カチャカチャとかすかに耳の隅に残っている。気を緩めれば、頭一杯に響きそうだ。

晴夫は下唇を強く嚙んだ。かろうじて指使いに専念して計算を終えた。タイムは一分六秒。ストーン選手はまだ入力盤に指を走らせている。計算を終えて手をあげたが、タイムは一分三十六秒。またしても三十秒の差がついた。

審判長がマイクを引き寄せ、採点結果を告げた。

すると、いきなり猛烈な拍手と歓声が巻き起こった。一瞬のうちに会場が熱気に包まれ、ピイッ、ピイッと指笛が甲高くこだまする。ストーン選手に目をやると、当人は計算機を見おろしたままだが、介添役の少女が胸元で両手を握りしめて微笑んでいる。

晴夫は机に目をもどした。計算を間違えたのだ。たった五問、たった二口の計算で、まさかのミスを犯した。あのときだろうか。計算の途中でひとつの言葉が頭をよぎった。職場のトイレで耳にした「戦犯」という言葉だった。

いまそんなことを思い出すなど、もちろんバカげている。だがそのつもりはなくとも、ここにいれば勝手に不吉な言葉が浮かんでくるのだ。

会場の熱狂はつづいている。晴夫の頭をまたべつな言葉がよぎった。「べつにぼろ負けしろとは言わん」という重村書記官の言葉だ。こんなふうに計算を先に終えて解答を間違えれば、書記官が言ったように、相手に冷や汗をかかせつつ惜敗することも可能かもしれない。

それならこちらの面目もある程度は立つし、いまみたいに観客から目の敵にされることもなくなるだろう。

晴夫はそこまで考えて、ふと眉根を寄せた。自分のことばかりに気を取られていたが、すぐそばでもうひとり介添役の少女も逆風のなかに立たされているのだ。

大丈夫だろうかと見あげると、少女は舞台に降り注ぐ敵選手への喝采を浴びながら、小さな唇を真一文字に引き結んでじっと立っている。風雨に耐える野花のような姿に、晴夫は目が覚める思いだった。安直な考えに流されかけたことが恥ずかしい。

係員が舞台に出てきて、三組目の問題用紙を配った。

晴夫は気合を入れた。加算と減算は勝つ。そこは譲れないと、賢一とも話していたのだ。勝つべきところで勝っておかなければ、アメリカ人たちにソロバンの真価を見誤らせることになる。

審判長がゴングに手をかけた。チーン、と鳴った。晴夫は素早く用紙をめくりながら、ソロバンをつかんだ。と同時に、パチパチと珠音が鋭く弾ける。

ストーン選手も勝ち星を手にしてゆとりができたのか、カチャカチャとボタンを押す音がなめらかだ。観客席に期待の熱気が膨らみ、舞台まで迫り寄せてくる。

だが晴夫はいち早く珠音を鳴りやませて、さっと用紙を差しあげた。ストーン選手が二十秒ほど遅れて低く手をあげる。

問題用紙が回収されて、審判長が結果を告げると、観客席でいっせいに太いため息が洩れた。儀礼的な拍手のあと、ざわざわと話し声が会場を満たした。

　第二種目も晴夫が勝者となった。

＊

　司会者が舞台の中央に出てきてあれやこれやとしゃべり、観客を盛りあげられないまま袖へと引っこんでいった。その四、五分ほどの休憩を挟んで試合が再開された。

　晴夫は指をほぐそうと手を揉み合わせかけて、ぎくりとした。審判員席から聞こえよがしの咳払いが飛んできたのだ。アメリカ側ではない。咳払いはまうしろから聞こえた。日本側の審判員たちの険しい表情が瞼に浮かぶ。

　第三種目は乗算。これも五問一組の問題が三組出題される。

　一組目の問題用紙が配られるとき、目に入ったストーン選手の横顔がわずかに蒼褪《あおざ》めて見えた。この種目で晴夫が勝てば、早くも試合の決着がつく。それだけは是が非でも避けたいにちがいない。

　晴夫にしても、そうなることを望んでいるのか避けたいのか、いまだにこころを決めかねている。だがそうすると決断しないかぎり、手加減するつもりはなかった。試合に臨む選手の立場だけで言えば、それは明らかに最悪の行為なのだ。

ストーン選手も手加減されることなど露ほども望んでいないだろう。もしそんなことをされたら侮辱と受け取って憤慨するにちがいない。

晴夫は息をひそめて、ゴングの音色に耳を澄ました。

「チーン」

ほとんど同時に二枚の問題用紙がひるがえり、パチパチパチパチ、カチャカチャカチャカチャ、と音が響きはじめる。

数値は二〜十桁、二口の掛け算になる。晴夫はソロバンに問題の計数を置かない両落としで珠を弾き、暗算しながら指をいそがしく動かしつづける。じつのところ乗算は晴夫がもっとも得意とするところで、この数年は競技で負けたことがない。好調の賢一にも、この種目だけは互角に戦えている。

ストーン選手の側から、カタカタという音が聞こえてきた。数値の入力が終わり、機械が計算をはじめたのだ。その音が晴夫の耳にとまったのは、手動式から推測していたスピードよりも圧倒的に速かったからだ。ストーン選手はすでに答えを書き込む態勢で計算結果が出るのを待っているのだろう。

ふいに計算機の駆動音がやんで、ストーン選手がすかさず解答を書き込んだ。ぐしゃっと用紙をつかむなり、高く手を突きあげる。直後に、わっと歓声がわいた。

晴夫が計算を終えたのは、それからおよそ二十秒後。係員がきて用紙を回収するあいだも、会場一杯に歓声が響きつづけている。

司会者が急ぎ足であらわれて、観客になにか説明口調で言った。すると、ようやく会場の興奮がいくらか落ち着いた。両選手が計算を終えるまで歓声や拍手を控えるように注意したのだろう。ソロバンの競技会でも、ときおりそういうことがある。

だがいったんおさまりかけた観客席の騒ぎは、採点結果が報告されると再爆発した。拍手と歓声が鳴り響き、そのうえを指笛が飛び交う。

ストーン選手が一組目を勝利したのだ。

晴夫は呆然とした。もしかすると、さっきのストーン選手よりも蒼褪めているかもしれない。それぐらいショックだった。加算と減算は作業過程の差からソロバンが有利。乗算と除算は計算機の能力しだいだが、手動式の動きを見るかぎり、これに負けることはあるまいと、晴夫と賢一の意見は一致していたのだ。

なんのことはない、相手を見下して足をすくわれたのは、自分たちのほうだった。

二組目の問題用紙が配られた。

大喝采はまだやまない。司会者が出てきて、ふたたび観客をなだめた。すると、一転して水を打ったように会場は静まり、ぴんと空気が張り詰めた。観客全員が固唾を呑んで、ゴングの音を待っている。

晴夫はてのひらに汗がにじんだ。ハンカチを出して拭きたいが、いまにもゴングが鳴りそうな気がする。背広の袖でさっと手を拭き、すぐまた身構える。驚きと焦りが、不安を招き寄せたのだ。なんとか気持ちを立てなおさなければならない。

ゴングはまだ鳴りをひそめている。本当は数秒なのだろうが、ずいぶん待たされている気がする。

突然、チーンと空気が震えた。

晴夫とストーン選手がともにまえのめりになり、問題用紙を表に返して、いっせいに計算の音を響かせはじめる。パチパチパチパチパチ、カチャカチャカタカタ。どちらの音もこれまでより高く会場に響き渡っていく。

観客は食い入るようになりゆきを見守っている。

やはり計算機の駆動音が速い。それに後押しされるようにストーン選手の入力のスピードも増しているようだ。晴夫はてのひらの汗が指まで伝うような気がした。これまで経験したことのない不気味な感覚だった。

電気計算機がまたもや先行してとまり、ストーン選手が用紙をつかんで手をあげた。ちょうど十秒後、晴夫が計算を終えると、待ちかねたように熱烈な拍手が沸き立った。

晴夫は唇を嚙んだ。完敗だ。そう感じた。ところが、採点結果が告げられたとたん、舞台に押し寄せる歓声がため息の波に変わった。

ストーン選手が計算を間違えたのだ。観客のようすからして、それしか考えられない。

晴夫は短く息をついた。背筋が粟立《あわだ》っていた。これで一勝一敗。だが計算速度は明らかに相手が上回っている。このまま無策で臨めば、つぎの問題は確実に負ける。ストーン選手がつづけてミスを犯すとは思えないし、そうでなくても相手のミスを期待するしかないような戦いはすでに敗北を認めているようなものだ。

観客席は濃密な熱気に包まれ、舞台からはまるで靄《もや》がかかったように見えた。介添役の少女もさすがに頰から血の気が引いている。ふとストーン選手の視線を感じたように思えたが、たしかなことはわからない。晴夫はそちらを見返すことができなかった。

三組目の問題用紙が配られた。

「チーン」

開始の合図が響いた。

晴夫は深々と眉間に縦皺《たてじわ》を刻み、指先に集中した。珠音がひときわ激しさをます。一方、ストーン選手の側では軽快に入力と計算の音が繰り返されている。

パチパチパチパチパチパチパチパチパチパチパチパチパチパチパチパチパチ。

カチャカチャカチャカチャカチャカチャカチャカタカタカタカタカタカタ。

パチパチパチパチパチパチパチパチパチパチパチパチパチパチパチパチパチ。

カチャカチャカチャカチャカチャカチャカチャカタカタカタカタカタカタ。

パチパチパチパチパチパチパチパチパチパチパチパチパチパチパチパチパチ。

カチャカチャカチャカチャカチャカチャカチャカタカタカタカタカタカタッ。

一瞬早く、ソロバンの音がとまった。計算機との差は、わずかに一秒のみ。

どこかで女性の悲鳴があがり、観客席がざわざわと落ち着きなく揺れる。係員が小走りであらわれ、そそくさと用紙を回収した。やがて採点が終わり、審判員席のマイクがキーンと音を立てる。結果が告げられると、淀んだ空気を突き破って嵐のような喝采が巻き起った。

こんどは晴夫が間違ったのだ。精度が落ちるのを覚悟で速度をあげたが、結果は裏目に出てしまった。

審判長が立ちあがり、ストーン選手を指し示すと、会場は歓喜に包まれた。肩を叩き合う者や抱き合って喜ぶ者、足を踏み鳴らす者、立ちあがって拍手する者もいる。ストーン選手も隠さずに安堵の表情を浮かべ、介添役の少女は金髪とチェックのスカートの裾を揺らして小躍りしている。

晴夫は観客席の最前列を見た。賢一は腕組みして目を閉じていた。このまま晴夫が三連敗するものと胸裡に整理をつけているのかもしれない。

第四種目は除算。乗算とおなじく五問一組で三組出題される。

電気計算機の能力から考えて、おそらく乗算にもまして苦しい戦いとなるだろう。

乗算では作業量を最小限にできる両落としの技法を使えた。だが除算はいわば片落としのかたちでソロバンに割られる数を置いて、それを払いながらの計算になるため、どうしても作業量が増えてしまう。

正直言えば、つぎの戦いは苦しいのではない。勝ち目がないのだ。このままなら試合の流れは放っておいても、重村書記官の望む方向にむかうだろう。

「がんばって」

聞き取れないほどかすかな声がした。晴夫ははっと介添役の少女を見あげた。すると少女は慌ててそっぽをむき、手のなかでストップウォッチをもてあそんでいる。

晴夫はこぶしを握り固めた。

おい、こんなところでなに弱音を吐いてる！

草加に引っ越したあと一番星探しをやめたのは、どんなに悲しい思い出になろうと身体から払い落としてはいけない出来事があると思ったからだ。

母の勧めではじめたソロバンにがむしゃらに打ちこんだのは、だれにも負けないものをかならずひとつ身につけると決めたからだ。

どちらも、そうするほうが楽だったからではない。

この試合に勝つべきか負けるべきか、晴夫はいまだにわからない。ともに相応の正義があるためだ。だがいますぐ断言できることもある。重村書記官や日本側の審判員、日のまえの大観衆の望みどおりに負けたほうが、勝利をめざすより楽だということだ。

ここで晴夫が敗者となる道を選ぶなら、それはどんな深長な配慮からでもなく、それがたんに楽な道だからだ。

だから、その道は進まない。

晴夫は決断した。たとえ勝ち目がなくても、勝負を捨てたりしない。全力でソロバンを弾いて、かたわらで応援してくれている少女に恥ずかしくない戦いをしよう。

この決断が正しいとはかぎらない。もちろんそれはわかっている。けれど確信がないからといって、いまここで正しいと思うことをしないなら、これからさきいつどこで正しいことができるというのか。

そうだ、あとは慎吾が言ってくれてたとおり、こうと決めたらやり抜くだけだ。自分がどんな人間かはよくわからないけれど、そういうやつでいたい、と晴夫はこころの底から思う。シンゴ、コマ、見ていてくれよ。

＊

晴夫は上着のポケットから手拭いを出して、軽くソロバンを拭いた。

ソロバンの手入れは乾いた布で拭くだけで、ほかにどんな道具も必要ない。ていねいに使い、きちんと拭く。そうすればソロバンは使うほどに手になじみ、珠はほどよく艶を帯びていっそう動きがなめらかになる。

第四種目、除算の一組目の問題用紙が机に置かれた。数値は二〜十一桁、二口の計算になる。

どこかべつの場所かと思うほど会場が静かになった。これほどの大観衆なのに、話し声はもちろん息づかいすら聞こえない。ただその静寂にたえかねたかのように、ときおり短い咳だけが洩れる。と思うと、突然、象みたいな大きなくしゃみが轟き渡り、直後にチーンとゴングが鳴った。

晴夫は素早く用紙をめくった。やってみるしかない。自分にそう言い聞かせつつ、ソロバンに左右の手を添えると、その両方の指を使って珠を弾きだした。

賢一に勝つために工夫を重ねてきた、両手弾きだ。

晴夫は途切れる寸前まで息を細めた。両手弾きの工夫はまだ完成していない。針の目に糸を通しつづけるような集中力が必要になる。

左右の指で珠を弾きつづけるうちに、これまで経験したことのない変化が起きた。極度の緊張と集中に視界が狭まり、手元以外がぼんやりかすみはじめたのだ。さらに真空に放りこまれたかのように、いつのまにか珠音さえ聞こえない。

晴夫はもはや時間も場所もなく、ひたすらにソロバンを弾いた。計算すべき数字が見るみる減っていき、最後の答えを書き込むと、すぐさま用紙をつかんで差しあげる。指先がまだひくつき、腕全体がわなわなと震えていた。

タイムは一分三十一秒。

会場のさまざまな物音が耳にもどってきた。けれど、そのなかに電気計算機の駆動音はない。ダメだ。届かなかった。晴夫は肩を落とした。と同時に、ストーン選手が慌ただしく手を突きあげた。間一髪、こちらが速かったのだ。

会場が大きくどよめいた。観客席に充満する熱気がうねりながら舞台に打ち寄せてくる。晴夫のこれまでにない両手の動きに驚いているのか。あるいは不正をしたと疑って、怒気を発しているのかもしれない。

いや、なにか雰囲気がちがう。疑いや怒りではなく、やはり驚いているようだ。第三種目でついに敗れた晴夫が戦意を失うことなく計算機に挑み、ふたたびその性能を凌いだことに、思わず目を瞠っているのかもしれない。

問題用紙が回収され、採点が終わった。

審判長の声が会場に流れて、わっと歓声があがった。

負けた。どこで計算を間違えたのか。心当たりはない。

晴夫は眉根を寄せて問題を思い返した。ところが、目の端に映った賢一の態度がおかしい。こちらを見ながら、選手席まで届くほどうるさく手を打ち鳴らしている。

会場を見まわし、晴夫は唖然《あぜん》とした。ほかの観客も晴夫にむけて歓声や拍手を送っているようなのだ。

勝ったのか。それならなぜ観客がこんなに熱心に拍手しているのだろう。まさかこちらを応援している？　いや、そんなことはありえない。だが観客席の喝采はまだつづいている。それはソロバンを手にして戦う日本人選手にたいするものに見える。

二組目の問題が配られた。

晴夫は動揺がおさまらない。いっとき目を閉じて、呼吸をととのえる。ゴングの音とともに、また糸のように息を細めて、一心不乱に珠を弾いた。左手の指の動きは悪くない。が、そちらに気を取られすぎると、右手の指がふだんの力を発揮できなくなる。

晴夫はこめかみに血が昇ってくるのを感じた。これもはじめての経験だ。視野は狭いのに、無音の世界は果てしなく広がっていく。数字があと一つになり、直後に計算を終えた。タイムはさっきよりも速く、一分二十三秒。

だがそのときにはすでに、ストーン選手は用紙をつかんで手をあげていた。

観客席が熱狂した。用紙を回収する係員も顔色が変わっている。採点が終わり、審判長がマイクのスイッチを入れると、早くも割れんばかり拍手が起きる。キーンという音が鳴りやみ、結果が告げられると、さらなる大喝采に会場が震えた。

晴夫は目を伏せて、ソロバンを見つめた。

深く静かな黒檀の光を見ていると、頭をもたげかけた焦りがすっと引いた。苦しいのはストーン選手もおなじ。勝つときは勝つし、負けるときは負ける。たがいに全力を尽くしているのだから、それであたりまえだ。

突然、観客席で爆笑が起きた。問題用紙を配る係員が舞台袖でつまずいて転びかけたのだ。係員は真っ赤な顔で机をまわり、三組目の問題を置いた。

晴夫は首筋に痛いほど視線を感じた。振り返らなくても、審判席の三人がもの凄《すご》い目つきでこちらを睨んでいるのがわかる。なんと皮肉なことか。アメリカ人ばかりのいわば敵地で、晴夫に負けろと圧力をかけてくるのが数少ない日本人なのだ。

だがそれはもはや些末《さまつ》なことだった。いま目のまえには全力でぶつかるべき相手がいる。それ以外の連中なんか大蔵省でもなんでも知ったこっちゃない。

晴夫はゆっくりと息を細めつつ、両手の指先を軽く触れ合わせて開始の合図を待った。

審判長がゴングを鳴らした。

二枚の問題用紙が同時にひるがえった。

晴夫の両手の指がこまやかにソロバンのうえで動きだした。それは計算するよりも、むしろ精密な機械を組み立てているかのようだ。ストーン選手の手も俊敏に動いた。入力ボタンが打ち込まれるたびに、計算機が生き物のようにわなないている。

二人ともこの試合で最高の緊張と集中のさなかにいた。そして、たがいに相手がそうであることを肌で感じていた。二人の狭い視界と無音の世界がつながり、舞台も距離も消えて、すぐそばで机をならべて試合をしているかに感じられる。

晴夫は指先がピリピリと痺《しび》れはじめた。限界が近い。痺れが手の甲から手首へと広がってくる。指の筋が攣《つ》りかけたとき、最後の計算が終わった。一分二十一秒。晴夫が用紙を高く差しあげ、五秒後にストーン選手が計算を終えた。

いっきに歓声が爆発した。騒然としたなかで採点がおこなわれ、審判長が立ちあがると、会場に指笛が飛び交い、急《せ》かすように足を踏み鳴らす音が響いた。

審判長はおもむろに手をあげ、晴夫を指さした。すると信じがたいことが起きた。怒《ど》濤《とう》の拍手が舞台に押し寄せたのだ。

それはまぎれもなく晴夫にむけられた喝采だった。歓声も拍手も指笛もすべてが勝者である日本人選手をたたえている。いましがたのストーン選手にたいする大喝采とおなじ惜しみない賞賛が晴夫に送られているのだ。

晴夫は呆然とまえを見つめた。観客席の景色が現実とは思えない。

電気計算機との試合を命じられてから、これまでさまざまな場面や状況を想定してきた。ときには敵選手の容姿や計算機の外見も思い描いたし、ありえないような光景が悪夢となってあらわれたこともある。しかし、それでもこの景色だけは片時も想像せず、夢の片隅に見ることもなかった。

晴夫はなにをどう受け止めていいかわからず、浜辺に立つ棒杭のように喝采の波に洗われていた。ただじわりと胸が熱くなった。それだけで試合を制した実感も湧かなかった。第四種目を取って、これで三勝一敗。第五種目を残して試合の決着がついたのだ。

「いや、まだ試合は終わってない」

晴夫は声に出して呟き、急いで気を引き締めた。

ストーン選手のほうを振りむくと、ちょうど二人の視線がぶつかった。メガネの奥の青い目は、なおも戦意に輝いている。当然、もう一矢報いるつもりなのだ。

晴夫も相手に花を持たせるつもりはなかった。最後まで真剣勝負をつづけるのだ。たがいに浅くうなずき合うと、それぞれの手元に目をもどした。

第五種目の問題用紙が運ばれてきた。

今回は加算が一問、減算、乗算、除算が各三問、計十問の総合問題で、一組だけの勝負になる。

会場が静まり返った。観客は最後の対決に期待のこもる眼差しをむけている。

晴夫は左手を軽く揉みほぐし、息を細めて開始の合図を待った。土壇場で両手弾きをうまく使えたのは収穫だが、いまも左手の甲にはわずかに痺れが残り、ひとさし指はぴくぴくと震えている。

チーン！　ゴングが高らかに鳴った。

ストーン選手の動きだしが速かった。晴夫の指がすぐさまそれを追った。

カチャカチャカチャカタカタカタッ、パチパチパチパチパチパチ、カチャカチャカチャカタカタッ、パチパチパチパチパチパチ、カチャカチャカチャカタカタッ、パチパチパチパチパチパチ、カチャカチャカチャカチャカチャカタカタカタッ、パチパチパチパチパチパチパチ、カチャカチャカチャ。

電気計算機とソロバンの音がまるでトラック競技の選手のように抜きつ抜かれつしながら会場に響き渡る。

パチパチパチパチパチ、カチャカチャカチャカタカタカタッ、パチパチパチパチパチ、カチャカチャカタカタッ、パチパチパチパチパチパチ、カチャカチャカチャカタカタ、カタッ。

さきに用紙をつかんで手をあげたのは、晴夫。その瞬間、もはや抑えようもない大歓声が巻き起こった。

タイムは三分一秒。十秒余り遅れて、ストーン選手が計算を終え、高くまっすぐに手をあげた。

採点の結果、晴夫の勝利が告げられた。

試合後に確認すると、計算の正誤は同点でタイム差が勝敗を分けていた。これが現時点でのソロバンと電気計算機の総合的な能力差と言えるかもしれない。

観客は総立ちになって拍手を送り、二人の健闘をたたえていた。

晴夫は介添役の少女を見あげた。

「秋山さん、ありがとう。きみのおかげで落ち着いて試合に臨めました」

少女がぽっと頬を赤らめた。おめでとうございます、と小声で言って、澄まし顔にもどったが、頬はまだほんのり赤らんでいた。

晴夫はハンカチを出して、てのひらの汗を拭いた。観客席の最前列を見やると、賢一は周囲の昂奮《こうふん》に圧倒されたように肩を竦《すく》めて手を叩いている。

おまえがいるから両手弾きを工夫したんだ。半分はおまえの勝利だよ、と晴夫は胸裡でライバルに礼を言った。だが賢一の胸には新たな気がかりが生じているようだ。こちらと目が合うと、なんともいえない複雑な笑顔をした。

晴夫も手放しで喜んではいなかった。なにせ、これで貯金局をクビになるかもしれないのだ。けれども、持てる力を出しきった心地よい疲労と満足感はある。

おまえもおれも、よく頑張ったじゃないか、と愛用のソロバンをひと撫でした。

司会者の短いおしゃべりのあと、オーケストラが華々しくファンファーレを掻き鳴らした。

審判長が正式に「古きもの」と「新しきもの」の対戦結果を発表した。

ストーン選手が立ちあがり、ふたたび手を差し伸べながら歩み寄ってきた。晴夫も進み出て、二人は舞台中央でかたく握手した。ストーン選手がなにか言ってにっこりと微笑み、晴夫は敬意をこめて会釈した。万雷の拍手と喝采が二人を幾重にも包んでいた。

七

日比谷から三田線の路面電車に乗り、御成門《おなりもん》で六本木線に乗り換えて飯倉に着くまでのあいだ、工藤課長はひと言もしゃべらなかった。

晴夫はいつもどおり黙ってつきしたがい、賢一もさすがに遠慮して口をきかず、本庁舎の正面玄関でお疲れさんと声をかけあったのが、ほぼ唯一の会話だった。

晴夫はそのまま工藤課長に伴われて、重村書記官のもとに試合結果の報告にむかった。

「工藤です」

課長はやはり平然と重役室に入っていく。

晴夫はじゅうたんに一歩足をかけて、ふと思い出した。はじめて局長室でこの柔らかな感触を踏んだとき、なぜかコマの大きくてふわふわな尻尾が頭に浮かんだのだ。

リスの尻尾をつかんだり踏んだりしてはいけないことは、いまでも深く胸に刻んでいる。晴夫のなかでその記憶と重役室の敷物の踏み心地が結びついてしまい、じゅうたんに足を乗せるたびに拒絶感を覚えるらしい。

晴夫は足元を見おろした。そこにあるのはただ毛足が長いだけの敷物だ。見なおすまでもなく、リスの尻尾とは似ても似つかない。もちろん踏んでもかまわない。うなずいて目をあげると、課長につづいて衝立をまわりこんだ。

重村書記官は窓側に椅子をむけて座っていた。大きな背もたれに小柄な身体が隠れてしまい、肘掛にあずけた腕だけが見えている。

「申し訳ありません」

晴夫は執務机のまえに立ち、腰を直角に折り曲げて頭をさげた。

「四対一の圧勝だったそうだな」

重村書記官が背もたれ越しに言った。

「内容は接戦でした」

「それは言い訳のつもりか」

「いえ、そのようなつもりはありません。いかなる処分も受ける覚悟です」

工藤課長はいつもどおり淡然とたたずんでいる。

重村書記官のようすはわからない。口髭を撫でつけているのか、肘掛のうえの腕も見えなくなった。

晴夫は直立不動で待った。

「処分を覚悟で、わしに逆らったわけか」

重村書記官がひとり言のようにいって、くるりと椅子をまわした。やはり髭を撫でつけていたが、ふいにその手で晴夫を指さした。

「なぜ、そうまでした」

「申し訳ありません。自分でもわかりかねます」

「それで返事になると思うのか」

「いえ、申し訳ありません……」

「こたえたまえ。なぜ、そうまでした」

重村書記官が身を乗り出し、机の端をぴしりと叩いた。

「では、申しあげます」と晴夫は言った。「この試合に勝つべきか負けるべきか、わたくしなりに今日まで考えてまいりました。しかし、いざ試合に臨むと、そのどちらでもなく、ほかに大切なことがあると気がつきました。勝敗がどうなろうと、まず全力を尽くすべきだということです」

「全力を？　きみは国家の命運より、その子供じみた正義感を優先したわけか」

「書記官には、たいへん申し訳ないことをしたと思っております。ですが、みずからの選択について、ストーン選手をはじめ会場にいた大勢のひとたち、あるいは試合の関係者、わたくしを応援してくれた同僚や知人、だれにたいしても恥じ入るところはありません」

「つまりはきみの独り善がりということだな」

「もちろん今回のことはすべて、わたくしの責任です。どうか存分にご処分ください」

「たわけたことを言うな」重村書記官が一喝した。「責任というのは、こういう部屋でこういう椅子にふんぞり返っている人間が負うものだ。きみごときが云々《うんぬん》することではない」

　ぶっきらぼうに言い捨てると、工藤課長のほうにぐいと顎をむけて、

「きみはこうなるとわかっていたのか」

「竹崎君は骨のある男です」と工藤課長は言った。「わたしはかれを高く評価しております」

「ああ、そうだろうな」

「さらに付け加えるなら、わたしは重村書記官を非常に強く信頼しております」

「なに？」書記官が口髭をうごめかした。「工藤君、きみがそんな無駄口を言うのか」

　工藤課長は無表情に書記官の胸元あたりを見ている。

　重村書記官は小さく首を揺すると、椅子を回転させて窓側にもどした。肘掛から手を浮かし、出て行けとばかりに、ぞんざいに振った。

「失礼します」

　革張りの大きな背もたれにむかって、晴夫は深々と頭をさげた。

　工藤課長はとうに踵を返して、さっさと部屋を出ていこうとしている。急いで追いかけると、背後から重村書記官のだみ声が響いてきた。

「竹崎。ともあれ、よくやった」

*

この日の夜、日本駐留米軍兵士のピーター・カニスは本国の恋人に手紙を書いていた。昼間に目撃した出来事をどうしても伝えたかったのだ。

「フローラ、今日はとても信じられない体験をしたよ。東京のアーニー・パイル劇場で日本人の使うソロバンという古い計算道具と、ぼくらの仲間が操作する最新の計算機の対決を見たんだけれど、観客のだれひとり計算機の勝利を疑わないなかで、なんとソロバンが勝ってしまったんだ。みんな心底驚いて、その日本人をザ・ハンズと呼んで騒いでた。ぼくもほんとにびっくりしたよ。どうやら日本人に対する認識をあらためる必要があるみたいだ。むやみに見下してばかりいるのは間違いだと思う」

文面はおおむねこんなところだったが、じつのところピーターは友人との賭けではソロバンの勝利に十ドルを投じていた。

「万が一、計算機が負けるようなことがあれば、十ドルどころか、きみを人力車に乗せてどこにでも連れて行ってやるよ」

と友人が言ったからだ。手紙を書きながら、ピーターは思い出すたびに吹き出してしまい、ペンを持つ手が乱れて困った。

＊

おなじ夜、晴夫は賢一と屋台のコップ酒で祝杯をあげた。

「おまえ、どうにか首はつながったみたいだな」と賢一がコップをぶつけてくる。「じゃあ、まずはそのことに乾杯しよう」

カチーンとコップを鳴らし、二人はそろってぐいっと呷った。

「つぎは、おれの苦労に乾杯だ」

賢一がまたぶつけてくるのを、晴夫はコップを引いてかわした。

「おまえの苦労？」

「そうさ、このとおり心底疲れたぞ。最初に幕があがったとき、おまえ、いまにも死にそうな顔をしてただろ。おかげで、あれからずっと冷や汗やあぶら汗のかきどおしだ」

「おまえだって外人ばっかりの客席で、最初は石の地蔵みたいに固まってたぞ」

「なに言ってるんだ、緊張に目がかすんで、まぼろしでも見たんじゃないか」と賢一は白目を剝いて見せた。「そんなだから、応援してるほうは気が気じゃないんだ。やっと足し算を勝ったと思えば、引き算で間違えるし、掛け算を負けたあと、割り算で勝つ気だとわかったときには、ほんとに正気を疑ったぞ」

「じゃあ、こんどはおまえが出場して、勝つなと負けるなと好きにしてくれよ」

「こいつ、ちょっとぐらい恩に着ればいいものを」

「恩には着てるさ。おまえのおかげで勝てたようなもんだ」

「へえ、そうですかね」と賢一は口を尖らせた。「まあ、いいや。こっちは課長がこれで一杯やってこいと軍資金を出してくれたぞ。そっちはどうだ?」

「工藤課長は、そういうことをしないひとだ」

「そうか。まあ、そんな感じだな」

「べつにケチってわけじゃないんだけどな」

「それはわかる。あの手動のモンロー計算機も自腹を切って借りてくれたし」

「仕事上の苦労には、仕事上で報いる、って姿勢なのさ」と晴夫は言った。「ま、たぶんだけど」

「よし、とにかく、もっぺん乾杯だ」

二人はコップを鳴らして、ぐいぐいっと酒を呷った。

「へい、お待ち」

屋台の主人がおでん風の煮物を出した。

「てきとうに見繕ってくれと言ったけど、こいつはなにかな」

賢一が平鉢を覗き込んで、丸くてぶよっとした感じのものを指さす。

「聞きたいかい」

「いや、やっぱりやめとこう」

得体の知れないものを食べるのにはずいぶん慣れたし、たいていのものなら聞いても驚かないけれど、それでも知らないほうがいいことはある。

「これ美味《うま》いよ、親爺《おやじ》さん。なにかは聞かないでおくけど」

と晴夫は舌鼓を打った。

賢一は酔いがまわってくると、ちょっと巻き舌になって、

「親爺さん、聞いてくれよ。こいつは今日、アメリカさんをこてんぱんにやっつけたんだ」

「ほう、そりゃたいしたもんだ」

「あれ、信じてないな。けど、これはほんとの話だぜ」

「そうかい、そっちの兄さんは見かけによらず豪傑なんだな」

「とんでもない、豪傑どころか、こいつは腕っぷしはからきしさ」と賢一は笑いながら晴夫の肩を叩いて、「けど、ことソロバンにかけちゃ、鬼のようにこわい男なんだ」

「ソロバン？　ああ、あれか、進駐軍の計算機と試合するってやつ」

「なんだ、親爺さん、知ってくれてるじゃないか」

「そりゃ、たいした評判だからな。で、勝ったのかい」

「だから、いったろ。こてんぱんさ」

「兄さん、一杯おごるよ」

と屋台の主人が一升瓶を持ちあげた。

「いいのかい。ありがたくもらうよ」

賢一がコップを差し出すと、

「いいや、そっちの兄さんだけだ」

と主人は晴夫のほうに一升瓶の口をむけたが、そのあと二人のコップになみなみと酒を注いでくれた。これもちょっと得体の知れない臭いのする酒だが、飲めて酔えるんだから文句はない。

賢一はそれからまた二杯おかわりして、もう顔が真っ赤になっている。巻き舌でこんどは晴夫にからんできた。

「しかし、ありゃなんだ。おまえ、割り算のとき、両手を使ってたろ」

「まあな、おまえに勝つために工夫してたんだ」

「ふうん、おれに勝つためにな。たしかに、あれには驚いたぜ。となりの外人も度肝を抜かれたんだろう、身を乗り出して、ハンドがどうとかハンズがどうとか叫びながら、ぱちぱち手を叩いてた」

「そうか、そんなことがあったのか」

晴夫はちらと夜闇に目を流した。除算を勝利したあとに観客から寄せられた喝采が、いまごろ胸の奥に強く響いてきた。

「だから、おれはその外人に教えてやったんだ」と賢一が言った。「あいつはハンド何《なに》某《がし》じゃなくて、ソロバン・キッドだってな」

「ソロバン・キッド？」

「おうよ、これからおまえはそう名乗るんだ」

「おいおい、勘弁してくれよ」

と晴夫は顔をしかめた。もっとも、酔いが醒《さ》めたら賢一は自分が名付け親になったことなどすっかり忘れているだろう。

「けど、両手は邪道だな」

「えっ？」

「うん、邪道だ。ちなみに訊いてやるが、あれは掛け算もできるのか」

「いちおう、できる」

「ふうん、やっぱり邪道だな。で、どうすりゃ両手で弾けるようになるんだ。邪道ついでに教えろ」

「知るか」

晴夫がそっぽをむくと、賢一はあははと大笑いして、腰掛から転げ落ちかけた。

「それにしても、あの子はちょっと可哀想《かわいそう》だったな」

「あの子？　だれのことさ」

「アメリカさんの介添をしてた金髪の女の子だよ。おまえが三勝目を決めたあと、こぶしを握り締めて一所懸命に涙をこらえてた」

「ふうん、そうか……」

「残念だったな。おまえ、きっとあの子に嫌われたぜ」

「なにが残念なんだ」

「そりゃ、あの子は将来、イングリッド・バーグマンみたいになるからさ」

「へえ、それならおれを介添してくれてた子は、きっと原節子みたいになるぞ」

「そうかな」

「そうさ、あと三年もすれば、デビューのころにそっくりだ」

「デビューのころ？　なんだ、見てきたことのように言うやつだな」賢一がふんと鼻先で笑い、「親爺さん、こいつだいぶ酔っ払ってきたみたいだ。もう飲ませないでくれよ」

「そうだ、酔っ払って、いいことを思いついた」と晴夫は手を打った。「こんどの休みは、久しぶりに調布に行くぞ」

京王電車に乗って、多摩川原駅で降りて、撮影所や社宅を眺めて、小学校のわきを通り過ぎて、深大寺城跡の森を歩いて、今日のことをコマに報告しよう。

「なんだ、藪から棒に」と賢一が首をかしげた。「待てよ、そういや、まえに調布の撮影所の近くに住んでたと言ってたな。まさか、原節子に会ったことがあるのか」

「言ってなかったか。おれは共演したこともあるぞ」

「えっ？」

絶句する賢一の背中をぽんと叩いて、晴夫は笑った。

「冗談だよ。それより、わが天使と勝利の女神に乾杯しよう」

カチッとコップを合わせる音が、屋台の暖簾《のれん》の隙間から小さく響いた。

あとがき

昭和二十一年十一月十一日午後二時からアーニー・パイル劇場で逓信省職員と米軍兵士によるソロバンと電気計算機の試合が行われた。

本作はその事実をもとにしたフィクションである。

当日の模様は日米で報道され、敗戦の記憶も生々しい日本人に明るい話題を提供するとともに、戦勝の優越感に浸っていたアメリカ人を驚愕《きょうがく》させた。

アメリカ本国では試合結果を信じないひとたちもいて、わずか四日後にニューヨークの放送会社主催でソロバンと電気計算器の対戦が行われたが、結果はやはりソロバンの勝利に終わった。日本の新聞も、アメリカでもソロバンが勝ったと報じている。

逓信省を辞めてまもないとある若者も、新聞記事を見て元同僚の快挙を知り、こうノートに書いて発奮した。

算盤は神経、されど計算機は技術なり。

若者はこのとき二十一歳で、貯金や郵務ではなく、通信畑の技術者だった。電機学校を出て十五歳で逓信省に入り、主にモールス信号の研究に携わっていたが、兄の営む製作所を手伝うために職を辞したのだ。

やがて若者は兄弟とともに計算機メーカーを立ちあげ、世界初の機械式でない電気回路による小型計算機を発売した。入力方式は桁ごとに数字ボタンがならぶフルキータイプではなく、全桁を一組の数字ボタンで入力できるテンキータイプだった。

若者は名を樫尾《かしお》という。

なお、NHKアーカイブスに『指と器械の一騎打ち』というタイトルのニュース映像が残されており、試合のようすとともに、賭けに勝って友人の曳《ひ》く人力車に乗るご機嫌な「ピーター君」の姿を見ることができる。

この小説を書くにあたり多くの方々の記録や研究等を参考にさせていただいた。
ここに記して、著者各位に心から感謝を申し上げるしだいである。

〈参考資料〉
『東京百年史』東京百年史編集委員会編　東京都
『調布市史』調布市史編集委員会編　調布市
『旧日活大映村』旧日活・大映村の会編纂
『講座日本映画』3・4・5　今村昌平ほか編　岩波書店
『日本ニュース映画史』毎日新聞社
『私の昭和映画史』廣澤榮　岩波新書
『昭和映画史ノート――娯楽映画と戦争の影』内藤誠　平凡社新書
『日活100年史』日活株式会社
『ザ・リス』大野瑞絵著・井川俊彦写真　誠文堂新光社
「郵便貯金」郵便貯金振興会
「珠味」東京珠算教育連盟
ほか多数

解説

細谷正充

アーニー・パイル劇場のことを知ったのは、いつだったろう。おそらく、一九八六年に刊行された、劇作家・演出家の斎藤憐《さいとうれん》の著書『幻の劇場 アーニー・パイル』によってである。もちろんそれ以前にも、何かの文章で目にしているはずだが、明確に意識したのはこの本によってだ。「あとがき」に、

「本書は、一九八三年に本多《ほんだ》劇場で上演した『グレイ・クリスマス』、一九八四年に博《はく》品館《ひんかん》劇場で上演した『オオ・ミステイク』、一九八五年に新橋《しんばし》演舞場で上演した『アーニー・パイル』の三本の芝居をもとに物語を組み立てた」

とあるように、多分に作者の創作が入っているようだ。しかし、アーニー・パイル劇場に関する部分は、資料と取材に基づいている。個人的には、ノンフィクション・ノベルといっていいと思っているのだ。

だから戦後の一時期、日本にこのような劇場があったことに驚いた。少し詳しく書こう。一九四五年十二月二十四日、東京宝塚劇場がGHQに接収された。翌四六年二月二十四日より、アーニー・パイル劇場として稼働する。アメリカ軍の専用の劇場だ。舞台の関係者は日本人。しかし日本人が客として入ることを禁じた、特殊な場所となった。接収が解除されるのは、一九五五年一月二十七日である。

そのアーニー・パイル劇場で、アメリカ人の使う電気計算機（モンロー計算機）と、日本人の使うソロバンの試合が行われたことがある。これを報道したニュース映像を、今でもNHKアーカイブスで見ることが可能だ。ただしこの三十八秒のニュース映像では、どうしてそのような対決が行われることになったのか分からない。本書の「あとがき」で作者も書いているように、なぜか「ピーター君」が、はしゃいでいるシーンでニュースは終わり。それはそれで愉快なのだが、もうちょっと説明が欲しかった。だが、分からないことが多いからこそ、作者の創作欲が刺激されたのだろう。この事実を基にして、実に面白い物語を創り上げたのである。

作品の内容に触れる前に、作者の経歴を記しておこう。犬飼六岐は、一九六四年、大阪に生まれる。大阪教育大学卒。公務員を経て、一九九九年、毎日児童小説コンクールに佳作入選する。翌二〇〇〇年、第六十八回小説現代新人賞を「筋違《すじちが》い半介《はんすけ》」で受賞。旗本の三男坊に生まれながら岡っ引きになった、ひねくれ者の半介を躍動させた、時代ミステリーである。以後、短篇《たんぺん》の時代小説を意欲的に雑誌に発表。二〇〇一年には、初の長篇となる『軍配者天門院《ぐんばいしゃてんもんいん》』を、文庫書下ろしで上梓《じょうし》した。

ただし作者が広く注目されるようになったのは、小説現代新人賞受賞作を表題にした短篇集『筋違い半介』が、二〇〇六年に刊行されてからだろう。あらためて斯界《しかい》に才能を見せつけた作者は、次々と作品を発表するようになる。初期は、アウトロー・ヒーローの活躍する物語が多かったが、直木賞候補になった時代ミステリー『蛻《もぬけ》』や、囲碁小町の異名をとる女性を主人公にした『囲碁小町 嫁入り七番勝負』の頃から、作風を拡大させた。その後も、戦国時代の少年たちの冒険をファンタジックに描いた『逢魔《おうま》が山』や、真田《さなだ》十勇士を漫画『サイボーグ００９』のサイボーグ戦士に準《なぞら》えた『黄金の犬真田十勇士』など、癖のある作品を書き続けているのだ。そんな作者が新たに選んだ題材が、アーニー・パイル劇場で行われた、電気計算機とソロバンの対決なのである。

物語は二部構成になっている。第一章「コマ――森の落としもの」は、昭和十年の調布が舞台だ。主人公の竹崎晴夫は、まだ小学生。父親が日活の多摩川撮影所で照明の仕事をしているので、日活村の社宅で暮らしている。地元の子と日活村の子は、それぞれで固まっていることが多いが、晴夫には同級生の有野慎吾という、地元の友達がいる。その慎吾と深大寺城跡に遊びに行き、傷ついたリスを拾った。懸命に育ててなんとか元気になったが、リスが原因で地元の大地主の子の将太と揉《も》め事が起こる。結局、水泳で将太と勝負することになるのだが……。

「あとがき」で、「本作はその事実をもとにしたフィクションである」と書かれているように、物語はあくまでもフィクションである。実際に試合をした、逓信省東京貯金局の松崎喜義《まつざききよし》の人物像が、どこまで竹崎晴夫に投影されているのか分からない。だが読んでいるうちに、それはどうでもよくなった。どちらかといえば内向的で、おとなしい晴夫。だが、一番星を探すのが得意だったり、傷ついたリスを育てるなど、夢中なことへの集中力は凄《すご》い。また、相手によって態度を変えることもしない。それは小作人の子である慎吾との付き合い方で分かる。どこにでもいるようで、よく知ると魅力的な晴夫の肖像を、作者は巧みに表現するのだ。

さらに晴夫の一家を、日活村の住人にした点が優れている。戦前の映画界の活気と、そこで生きる人々の姿が、興味深く描かれているのだ。ひとりだけ実名が出てくる、ある女優の使い方もいい。ストーリーに華を添えるとはこのことか。将太との水泳勝負を除けば、さほど劇的なことのない少年の日常が、面白く読めるようになっているのだ。ついでにいえば、〝軍靴の響き〟も、さりげなく盛り込まれている。時代小説で鍛えた手練が、戦前の昭和でも発揮されているのだ。大袈裟《おおげさ》な言葉かもしれないが、近代時代小説といいたくなる作品なのである。

だが、話が面白ければ面白いほど、なぜ晴夫の少年時代を、これほどのページを使って書いたのかという疑問を抱いた。彼がソロバンを本格的に始めるのは、訳あって日活村から埼玉に引っ越してからのことであり、ほんのちょっとしか触れられていない。この疑問は、第二章を読んで氷解した。

ということで第二章「ザ・ハンズ――アーニー・パイル劇場の戦い」である。ソロバンの腕前が評判になった晴夫は、高等小学校を卒業すると、東京の逓信省貯金局に就職。兵隊に取られることもなく、戦後になっても仕事を続けている。ソロバンの腕前は貯金局でも有名であり、やはりソロバン名人の同僚・辻谷賢一と競い合っている。

ソロバンを除けば、生真面目で律儀が取り柄の、平凡な小役人の晴夫。ところがある日、重村逓信書記官に呼び出され、とんでもない命令を下される。アメリカ人の使う電気計算機と、日本人の使うソロバンの試合をすることになり、その選手に選ばれたのだ。しかも試合の場所は、アーニー・パイル劇場。重村からは、接戦の末に負けるようにいわれるが、晴夫はどうすべきか決められない。補欠になった辻谷と、上司が手に入れたモンロー計算機（ただし旧式）を確かめたりと準備を進めるが、揺れる心を持て余したまま、試合の当日を迎えるのだった。

なぜ、電気計算機とソロバンの試合が行われることになったのか。イベントを主催したのが星条旗新聞なので、話題作りの意味合いが強かったのかもしれない。アメリカの力を日本人に見せつけようという、思惑もあったのかもしれない。実際はどうであれ、

「これまでソロバンの腕を磨いてきたのは、他人と計算の速さを競うためでも、それを見世物にするためでもない。なにかひとつひとつに負けないと思えるものを身につけることで、困難をまえにしたとき迷わず立ちむかえる勇気を持ちたいと考えたからだ」

という晴夫にとっては、いい迷惑である。それでも命を受けた役人として、試合に挑まなければならない。ギリギリでソロバンと向き合い、覚悟の決まった晴夫と、電気計算機を使う二等兵のパーシー・ストーンとの試合が熱い。特に追い詰められた晴夫が、必殺技を初めて使うシーンは、まるで剣豪小説のようで、大いに楽しんだ。

そして何よりも感心したのは、ここに至って見えてきた第一章の意味だ。晴夫のモデルになった松崎喜義は、この試合に勝利したことによって、歴史に名を刻んだ。同様に晴夫も、歴史に名を刻むことになる。だが、試合はたった一日のことに過ぎない。そこに至るまでの晴夫の人生があり、その後にも晴夫の人生は続いたはずである。作者は第一章で晴夫の少年時代を描き出し、このことを明らかにしたのだ。

いや、晴夫だけではない。試合をするということがニュースになり、大人になった慎吾が訪ねてくる。ふたりが親友に戻ることはないだろうが、今後も水魚の交わりが続くことを予感させる。あるいは試合相手のパーシー・ストーン、晴夫を取材した記者のダニエル・ボガート、選手の介添え役を務めた秋山陽子とスーザン・テイラー……。彼ら彼女らもまた、この日のアーニー・パイル劇場に至る人生があり、その後の人生があるはずだ。

平凡な人生を歩んでいる人に、いきなりスポットライトが当たることがある。少年時代にリスのために勝負をしたように、雲の上の上司に命じられてアーニー・パイル劇場で勝負をしたように、普通の人生にだって波風が立つときがある。そんなときは一所懸命になるしかない。そして波乱が収まれば、律儀に生きる日常に戻るのだ。誰の人生だって、歴史を構築する一かけら。だから、真摯に生きてほしい。作者はこのことを、ユニークな題材と面白いストーリーを通じて、語っているのである。

（ほそや・まさみつ　文芸評論家）

本書は、集英社文庫のために書き下ろされた作品です。

集英社文庫

ソロバン・キッド

2022年12月25日　第1刷　　定価はカバーに表示してあります。

著　者　犬飼六岐《いぬかいろっき》

発行者　樋口尚也

発行所　株式会社 集英社

東京都千代田区一ツ橋2-5-10　〒101-8050

電話　【編集部】03-3230-6095

【読者係】03-3230-6080

【販売部】03-3230-6393(書店専用)

印　刷　図書印刷株式会社

製　本　図書印刷株式会社

フォーマットデザイン　アリヤマデザインストア　　マークデザイン　居山浩二

ISBN978-4-08-744470-4 C0193